落花生

许地山散文

著 许地山

经典散文精华本

北京时代华文书局

图书在版编目（CIP）数据

许地山散文：落花生 / 许地山著. —— 北京：北京
时代华文书局，2020.8
ISBN 978-7-5699-3785-5

Ⅰ.①许… Ⅱ.①许… Ⅲ.①散文集－中国－现代
Ⅳ.① I266

中国版本图书馆 CIP 数据核字（2020）第 116925 号

许地山散文：落花生
XU DISHAN SANWEN LUO HUASHENG

著　　者｜许地山

出 版 人｜陈　涛
责任编辑｜周连杰　张彦翔
装帧设计｜仙　境
责任印制｜刘　银
出版发行｜北京时代华文书局 http://www.bjsdsj.com.cn
　　　　　北京市东城区安定门外大街 136 号皇城国际大厦 A 座 8 楼
　　　　　邮编：100011　电话：010-64267955　64267677
印　　刷｜三河市兴国印务有限公司　0316-7151807
　　　　　（如发现印装质量问题，请与印刷厂联系调换）
开　　本｜880mm×1230mm　1/32　印　张｜8.5　字　数｜156千字
版　　次｜2020年9月第1版　　印　次｜2020年9月第1次印刷
书　　号｜ISBN 978-7-5699-3785-5
定　　价｜39.80元

目　录

第一辑　空山灵雨

第二辑 落花生

第三辑 春的林野

第四辑　七宝池上的乡思

第五辑　海世间

第 一 辑
空山灵雨

自入世以来，屡遭变难，四方流离，未尝宽怀就枕。在睡不着时，将心中似忆似想的事，随感随记；在睡着时，偶得趾离过爱，引领我到回忆之乡，过那游离的日子，更不得不随醒随记。积时累日，成此小册。以其杂沓纷纭，毫无线索，故名《空山灵雨》。

《空山灵雨》弁言

生本不乐，能够使人觉得稍微安适的，只有躺在床上那几小时，但要在那短促的时间中希冀极乐，也是不可能的事。

自入世以来，屡遭变难，四方流离，未尝宽怀就枕。在睡不着时，将心中似忆似想的事，随感随记；在睡着时，偶得趾离过爱，引领我到回忆之乡，过那游离的日子，更不得不随醒随记。积时累日，成此小册。以其杂沓纷纭，毫无线索，故名《空山灵雨》。

十一年一月二十五日 落华生

心有事

（开卷的歌声）

心有事，无计问天。

心事郁在胸中，教我怎能安眠？

我独对空山，眉更不展；

我魂飘荡，犹如出岫残烟。

想起前事，我泪就如珠脱串。

独有空山为我下雨涟涟。

我泪珠如急雨，急雨犹如水晶箭；

箭折，珠沉，融作山溪泉。

做人总有多少哀和怨：

积怨成泪，泪又成川！

今日泪、雨交汇入海，海涨就要沉没赤县：

累得那只抱恨的精卫拼命去填。

呀，精卫！你这样做，虽然万劫也不能遂愿。

不如咒海成冰，使他像铁一样坚。

那时节，我要和你相恋，

各人才对立着，沉默无言。

蝉

急雨之后，蝉翼湿得不能再飞了。那可怜的小虫在地面慢慢地爬，好容易爬到不老的松根上头。松针穿不牢的雨珠从千丈高处脱下来，正滴在蝉翼上。蝉嘶了一声，又从树的露根摔到地上了。

雨珠，你和他开玩笑么？你看，蚂蚁来了！野鸟也快要看见他了！

蛇

在高可触天的桄榔树下。我坐在一条石凳上，动也不动一下。穿彩衣的蛇也蟠在树根上，动也不动一下。多会儿让我看见他，我就害怕得很，飞也似的离开那里，蛇也和飞箭一样，射入蔓草中了。

我回来，告诉妻子说："今儿险些不能再见你的面！"

"什么缘故？"

"我在树林见了一条毒蛇：一看见它，我就速速跑回来；蛇也逃走了。……到底是我怕它，还是它怕我？"

妻子说，"若你不走，谁也不怕谁。在你眼中，它是毒蛇；在它眼中，你比它更毒呢。"

但我心里想着，要两方互相惧怕，才有和平。若有一方大胆一点，不是它伤了我，便是我伤了它。

山响

群峰彼此谈得呼呼地响。它们的话语，给我猜着了。

这一峰说："我们的衣服旧了，该换一换啦。"

那一峰说："且慢吧，你看，我这衣服好容易从灰白色变成青绿色，又从青绿色变成珊瑚色和黄金色——质虽是旧的，可是形色还不旧。我们多穿一会儿吧。"

正在商量的时候，它们身上穿的，都出声哀求说："饶了我们，让我们歇歇罢。我们的形态都变尽了，再不能为你们争体面了。"

"去吧，去吧，不穿你们也算不得什么。横竖不久我们又有新的穿。"群峰都出着气这样说。说完之后，那红的、黄的彩衣就陆续褪下来。

　　我们都是天衣，那不可思议的灵，不晓得甚时要把我们穿着得非常破烂，才把我们收入天橱。愿他多用一点气力，及时用我们，使我们得以早早休息。

香

妻子说："良人，你不是爱闻香么？我曾托人到鹿港去买上好的沉香线；现在已经寄到了。"她说着，便抽出妆台的抽屉，取了一条沉香线，燃着，再插在小宣炉中。

我说："在香烟绕缭之中，得有清谈。给我说一个生番故事吧。不然，就给我谈佛。"

妻子说，"生番故事，太野了。佛更不必说，我也不会说。"

"你就随便说些你所知道的吧，横竖我们都不大懂得；你且说，什么是佛法吧。"

"佛法么？——色，——声，——香，——味，——触，——

造作，——思维，都是佛法；惟有爱闻香的爱不是佛法。"

"你又矛盾了！这是什么因明？"

"不明白么？因为你一爱，便成为你的嗜好；那香在你闻觉中，便不是本然的香了。"

笑

　　我从远地冒着雨回来，因为我妻子心爱的一样东西让我找着了，我得带回来给她。

　　一进门，小丫头为我收下雨具，老妈子也借故出去了。我对妻子说："相离好几天，你闷得慌吗？……呀，香得很！这是从哪里来的？"

　　"窗棂下不是有一盆素兰吗？"

　　我回头看，几箭兰花在一个汝窑钵上开着。我说："这盆花多会儿移进来的？这么大雨天，还能开得那么好，真是难得啊！……可是我总不信那些花有如此的香气。"

　　我们并肩坐在一张紫檀榻上，我还往下问："良人，到底是兰花的香，是你的香？"

"到底是兰花的香，是你的香？让我闻一闻。"她说时，亲了我一下。小丫头看见了，掩着嘴笑，翻身揭开帘子，要往外走。

"玉耀，玉耀，回来。"小丫头不敢不回来，但，仍然抿着嘴笑。

"你笑什么？"

"我没有笑什么。"

我为她们排解说："你明知道她笑什么，又何必问她呢，饶了她吧。"

妻子对小丫头说："不许到外头瞎说。去罢，到园里给我摘些瑞香来。"

小丫头抿着嘴出去了。

三迁

花嫂子着了魔了！她只有一个孩子，舍不得教他入学。她说："阿同的父亲是因为念书念死的。"

阿同整天在街上和他的小伙伴玩：城市中应有的游戏，他们都玩过。他们最喜欢学警察、人犯、老爷、财主、乞丐。阿同常要做人犯，被人用绳子捆起来，带到老爷跟前挨打。

一天，给花嫂子看见了，说："这还了得！孩子要学坏了。我得找地方搬家。"

她带着孩子到村庄里住。孩子整天在阡陌间和他的小伙伴玩：村庄里应有的游戏，他们都玩过。他们最喜欢做牛、马、牧童、肥猪、公鸡。阿同常要做牛，被人牵着骑着，鞭着他学耕田。

一天，又给花嫂子看见了，就说："这还了得！孩子要变畜生了。我得找地方搬家。"

她带孩子到深山的洞里住。孩子整天在悬崖断谷间和他的小伙伴玩。他的小伙伴就是小生番、小猕猴、大鹿、长尾三娘、大蛱蝶。他最爱学鹿的跳跃，猕猴的攀缘，蛱蝶的飞舞。

有一天，阿同从悬崖上飞下去了。他的同伴小生番来给花嫂子报信，花嫂子说："他飞下去么？那么，他就有本领了。"

呀，花嫂子疯了！

愿

南普陀寺里的大石，雨后稍微觉得干净，不过绿苔多长一些。天涯的淡霞好像给我们一个天晴的信。树林里的虹气，被阳光分成七色。树上，雄虫求雌的声，凄凉得使人不忍听下去。妻子坐在石上，见我来，就问，"你从哪里来？我等你许久了。"

"我领着孩子们到海边捡贝壳咧。阿琼捡着一个破贝，虽不完全，里面却像藏着珠子的样子。等他来到，我教他拿出来给你看一看。"

"在这树荫底下坐着，真舒服呀！我们天天到这里来，多么好呢！"

妻说："你哪里能够？……"

"为什么不能？"

"你应当作荫，不应当受荫。"

"你愿我做这样的荫么？"

"这样的荫算什么！我愿你做无边宝华盖，能普荫一切世间诸有情；愿你为如意净明珠，能普照一切世间诸有情；愿你为降魔金刚杵，能破坏一切世间诸障碍；愿你为多宝盂兰盆，能盛百味，滋养一切世间诸饥渴者；愿你有六手，十二手，百手，千万手，无量数那由他如意手，能成全一切世间等等美善事。"

我说："极善，极妙！但我愿做调味的精盐，渗入等等食品中，把自己的形骸融散，且回复当时在海里的面目，使一切有情得尝咸味，而不见盐体。"

妻子说："只有调味，就能使一切有情都满足吗？"

我说："盐的功用，若只在调味，那就不配称为盐了。"

愚妇人

从深山伸出一条蜿蜒的路,窄而且崎岖。一个樵夫在那里走着,一面唱:

鸲鹆,鸲鹆,来年莫再鸣!
鸲鹆一鸣草又生。
草木青青不过一百数十日,
到头来,又是樵夫担上薪。
鸲鹆,鸲鹆,来年莫再鸣!
鸲鹆一鸣虫又生。
百虫生来不过一百数十日,

到头来，又要纷纷扑红灯。

鸲鹩，鸲鹩，来年莫再鸣！

……

他唱时，软和的晚烟已随他的脚步把那小路封起来了，他还要往下唱，猛然看见一个健壮的老妇人坐在溪涧边，对着流水哭泣。

"你是谁？有什么难过的事？说出来，也许我能帮助你。"

"我么？唉！我……不必问了。"

樵夫心里以为她一定是个要寻短见的人，急急把担卸下，进前几步，想法子安慰她。他说："妇人，你有什么难处，请说给我听，或者我能帮助你。天色不早了，独自一人在山中是很危险的。"

妇人说："我从来就不知道什么叫作难过。自从我父母死后，我就住在这树林里。我的亲戚和同伴都叫我做石女。"她说到这里，眼泪就融下来了。往下她的话语就支离得怪难明白。过一会儿，她才慢慢说："我……我到这两天才知道石女的意思。"

"知道自己名字的意思，更应当喜欢，为何倒反悲伤起来？"

　　"我每年看见树林里的果木开花，结实；把种子种在地里，又生出新果木来。我看见我的亲戚、同伴们不上二年就有一个孩子抱在她们怀里。我想我也要像这样——不上二年就可以抱一个孩子在怀里。我心里这样说，这样盼望，到如今，六十年了！我不明白，才打听一下。呀，这一打听，叫我多么难过！我没有抱孩子的希望了，……然而，我就不能像果木，比不上果木么？"

　　"哈，哈，哈！"樵夫大笑了，他说，"这正是你的幸运哪！抱孩子的人，比你难过得多，你为何不往下再向她们打听一下呢？我告诉你，不曾怀过胎的妇人是有福的。"

　　一个路旁素不相识的人所说的话，哪里能够把六十年的希望——迷梦——立时揭破呢？到现在，她的哭声，在樵夫耳边，还可以约略地听见。

蜜蜂和农人

雨刚晴，蝶儿没有蓑衣，不敢造次出来，可是瓜棚的四围，已满唱了蜜蜂的"功夫诗"：

彷彷，徨徨！徨徨，彷彷！
生就是这样，徨徨，彷彷！
趁机会把蜜酿。
大家都帮忙；
别误了好时光。
彷彷，徨徨！徨徨，彷彷！

蜂虽然这样唱，那底下坐着三四个农夫却各人担着烟管在那里闲谈。

人的寿命比蜜蜂长，不必像它们那么忙么？未必如此。不过农夫们不懂它们的歌就是了。但农夫们工作时，也会唱的。他们唱的是：

村中鸡一鸣，

阳光便上升，

太阳上升好插秧。

禾秧要水养，

各人还为踏车忙。

东家莫截西家水；

西家不借东家粮。

各人只为各人忙——

"各人自扫门前雪，

不管他人瓦上霜。"

第 二 辑
落 花 生

花生的用处固然很多，但有一样是很可贵的。这小小的豆不像那好看的苹果、桃子、石榴，把它们的果实悬在枝上，鲜红嫩绿的颜色，令人一望而发生羡慕的心。它只把果子埋在地底，等到成熟，才容人把它挖出来。你们偶然看见一棵花生瑟缩地长在地上，不能立刻辨出它有没有果实，非得等到你接触它才能知道。

落花生

我们屋后有半亩隙地。母亲说："让它荒芜着怪可惜，既然你们那么爱吃花生，就辟来做花生园吧。"我们几姊弟和几个小丫头都很喜欢——买种的买种，动土的动土，灌园的灌园；过不了几个月，居然收获了！

妈妈说："今晚我们可以做一个收获节，也请你们爹爹来尝尝我们的新花生，如何？"我们都答应了。母亲把花生做成好几样的食品，还吩咐这节期要在园里的茅亭举行。

那晚上的天色不大好，可是爹爹也到来，实在很难得！爹爹说："你们爱吃花生么？"

我们都争着答应："爱！"

"谁能把花生的好处说出来？"

姊姊说："花生的气味很美。"

哥哥说："花生可以制油。"

我说："无论何等人都可以用贱价买它来吃；都喜欢吃它。这就是它的好处。"

爹爹说："花生的用处固然很多，但有一样是很可贵的。这小小的豆不像那好看的苹果、桃子、石榴，把它们的果实悬在枝上，鲜红嫩绿的颜色，令人一望而发生羡慕的心。它只把果子埋在地底，等到成熟，才容人把它挖出来。你们偶然看见一棵花生瑟缩地长在地上，不能立刻辨出它有没有果实，非得等到你接触它才能知道。"

我们都说："是的。"母亲也点点头。爹爹接下去说："所以你们要像花生，因为它是有用的，不是伟大、好看的东西。"我说："那么，人要做有用的人，不要做伟大、体面的人了。"爹爹说："这是我对于你们的希望。"

我们谈到夜阑才散，所有花生食品虽然没有了，然而父亲的话现在还印在我心版上。

"小俄罗斯"的兵

短篱里头，一棵荔枝，结实累累。那朱红的果实，被深绿的叶子托住，更是美观；主人舍不得摘他们，也许是为这个缘故。

三两个漫游武人走来，相对说："这棵红了，熟了，就在这里摘一点吧。"他们嫌从正门进去麻烦，就把篱笆拆开，大摇大摆地进前。一个上树，两个在底下接；一面摘，一面尝，真高兴呀！

屋里跑出一个老妇人来，哀声求他们说："大爷们，我这棵荔枝还没有熟哩；请别作践它；等熟了，再送些给大爷们尝尝。"

树上的人说："胡说，你不见果子已经红了么？怎么我们吃就是作践你的东西？"

"唉，我一年的生计，都看着这棵树。罢了，罢……"

"你还敢出声么？打死你算得什么；待一会儿，看把你这棵不中吃的树砍来做柴火烧，看你怎样。有能干，可以叫你们的人到广东吃去。我们那里也有好荔枝。"

唉，这也是战胜者、强者的权利么？

爱的痛苦

在绿荫月影底下，朗日和风之中，或急雨飘雪的时候，牛先生必要说他的真言，"啊，拉夫斯偏！"他在三百六十日中，少有不说这话的时候。

暮雨要来，带着愁容的云片急急飞避；不识不知的蜻蜓还在庭园间遨游着。爱诵真言的牛先生闷坐在屋里，从西窗望见隔院的女友田和正抱着小弟弟玩。

姊姊把孩子的手臂咬得吃紧；擘他的两颊；摇他的身体；又掌他的小腿。孩子急得哭了。姊姊才忙忙地拥抱住他，堆着笑说："乖乖，乖乖，好孩子，好弟弟，不要哭。我疼爱你，我疼爱你！不要哭。"不一会儿孩子的哭声果然停了，可是弟弟刚现出笑容，姊姊又该咬他、擘他、摇他、掌他咧。

檐前的雨好像珠帘，把牛先生眼中的对象隔住。但方才那种印象，却萦回在他眼中。他把窗户关上，自己一人在屋里蹀来踱去。最后，他点点头，笑了一声："哈，哈！这也是拉夫斯偏！"

他走近书桌子，坐下，提起笔来，像要写什么似的。想了半天，才写上一句七言诗。他念了几遍，就摇头，自己说："不好，不好。我不会作诗，还是随便记些起来好。"

牛先生将那句诗涂掉以后，就把他的日记拿出来写。那天他要记的事情格外多。日记里应用的空格，他在午饭后，早已填满了。他裁了一张纸，写着：

黄昏，大雨。田在西院弄她的弟弟，动起我一个感想，就是：人都喜欢见他们所爱者的愁苦；要想方法教所爱者难受。所爱者越难受，爱者越喜欢，越加爱。

一切被爱的男子，在他们的女人当中，直如小弟弟在田的膝上一样。他们也是被爱者玩弄的。

女人的爱最难给，最容易收回去。当她把爱收回去的时候，未必不是一种游戏的冲动；可是苦了别人哪。

唉，爱玩弄人的女人，你何苦来这一下！愚男子，你的苦恼，又活该呢！

牛先生写完，复看一遍，又把后面那几句涂去，说："写得太过了，太过了！"他把那张纸附贴在日记上，正要起身，老妈子把哭着的孩子抱出来，一面说："姊姊不好，爱欺负人。不要哭，咱们找牛先生去。"

"姊姊打我！"这是孩子所能对牛先生说的话。

牛先生装作可怜的声音，忧郁的容貌，回答说："是么？姊姊打你么？来，我看看打到哪步田地？"

孩子受他的抚慰，也就忘了痛苦，安静过来了。

现在吵闹的，只剩下外间急雨的声音。

信仰的哀伤

在更阑人静的时候，伦文就要到池边对他心里所立的乐神请求说："我怎能得着天才呢？我的天才缺乏了，我要表现的，也不能尽地表现了！天才可以像油那样，日日添注入我这盏小灯么？若是能，求你为我，注入些少。"

"我已经为你注入了。"

伦先生听见这句话，便放心回到自己的屋里。他舍不得睡，提起乐器来，一口气就制成一曲。自己奏了又奏，觉得满意，才含着笑，到卧室去。

第二天早晨，他还没有盥漱，便又把昨晚上的作品奏过几遍；随即封好，教人邮到歌剧场去。

他的作品一发表出来，许多批评随着在报上登载八九天。那些批评都很恭维他：说他是这一派，那一派。可是他又苦起来了！

在深夜的时候，他又到池边去，垂头丧气地对着池水，从口中发出颤声说："我所用的音节，不能达我的意思么？呀，我的天才丢失了！再给我注入一点罢。"

"我已经为你注入了。"

他屡次求，心中只听得这句回答。每一作品发表出来，所得的批评，每每使他忧郁不乐。最后，他把乐器摔碎了，说："我信我的天才丢了，我不再作曲子了。唉，我所依赖的，枉费你眷顾我了。"

自此以后，社会上再不能享受他的作品，他也不晓得往哪里去了。

暗途

"我的朋友，且等一等，待我为你点着灯，才走。"

吾威听见他的朋友这样说，便笑道："哈哈，均哥，你以我为女人么？女人在夜间走路才要用火；男子，又何必呢？不用张罗，我空手回去吧——省得以后还要给你送灯回来。"

吾威的村庄和均哥所住的地方隔着几重山，路途崎岖得很厉害。若是夜间要走那条路，无论是谁，都得带灯。所以均哥一定不让他暗中摸索回去。

均哥说："你还是带灯好。这样的天气，又没有一点月影，在山中，难保没有危险。"

吾威说："若想起危险，我就回去不成了。……"

"那么，你今晚上就住在我这里，如何？"

"不，我总得回去，因为我的父亲和妻子都在那边等着我呢。"

"你这个人，太过执拗了。没有灯，怎么去呢？"均哥一面说，一面把点着的灯切切地递给他。他仍是坚辞不受。

他说："若是你定要叫我带着灯走，那教我更不敢走。"

"怎么呢？"

"满山都没有光，若是我提着灯走，也不过是照得三两步远；且要累得满山的昆虫都不安。若凑巧遇见长蛇也冲着火光走来，可又怎办呢？再说，这一点的光可以把那照不着的地方越显得危险，越能使我害怕。在半途中，灯一熄灭，那就更不好办了。不如我空着手走，初时虽觉得有些妨碍，不多一会儿，什么都可以在幽暗中辨别一点。"

他说完，就出门。均哥还把灯提在手里，眼看着他向密林中那条小路穿进去，才摇摇头说："天下竟有这样怪人！"

吾威在暗途中走着，耳边虽常听见飞虫、野兽的声音，然而他一点害怕也没有。在蔓草中，时常飞些萤火出来，光虽不大，可也够了。他自己说："这是均哥想不到，也是他所不能为我点的灯。"

那晚上他没有跌倒，也没有遇见毒虫野兽，安然地到他家里。

你为什么不来

在夭桃开透、浓荫欲成的时候，谁不想伴着他心爱的人出去游逛游逛呢？在密云不飞、急雨如注的时候，谁不愿在深闺中等她心爱的人前来细谈呢？

她闷坐在一张睡椅上，紊乱的心思像窗外的雨点——东抛，西织，来回无定。在有意无意之间，又顺手拿起一把九连环慵懒懒地解着。

丫头进来说："小姐，茶点都预备好了。"

她手里还是慵懒懒地解着，口里却发出似答非答的声："……他为什么还不来？"

除窗外的雨声，和她手中轻微的银环声以外，屋里可算静

极了！在这幽静的屋里，忽然从窗外伴着雨声送来几句优美
的歌曲：

　　你放声哭，

　　因为我把林中善鸣的鸟笼住么？

　　你飞不动，

　　因为我把空中的雁射杀么？

　　你不敢进我的门，

　　因为我家养狗提防客人么？

　　因为我家养猫捕鼠，

　　你就不来么？

　　因为我的灯火没有笼罩，

　　烧死许多美丽的昆虫

　　你就不来么？

　　你不肯来，

　　因为我有？……

　　"有什么呢？"她听到末了这句，那紊乱的心就发出这样
的问。她心中接着想：因为我约你，所以你不肯来；还是因
为大雨，使你不能来呢？

海

我的朋友说："人的自由和希望，一到海面就完全失掉了！因为我们太不上算，在这无涯浪中无从显出我们有限的能力和意志。"

我说："我们浮在这上面，眼前虽不能十分如意，但后来要遇着的，或者超乎我们的能力和意志之外。所以在一个风狂浪骇的海面上，不能准说我们要到什么地方就可以达到什么地方；我们只能把性命先保持住，随着波涛颠来簸去便了。"

我们坐在一只不如意的救生船里，眼看着载我们到半海就毁坏的大船渐渐沉下去。

我的朋友说："你看，那要载我们到目的地的船快要歇息去了！现在在这茫茫的空海中，我们可没有主意啦。"

　　幸而同船的人，心忧得很，没有注意听他的话。我把他的手摇了一下说："朋友，这是你纵谈的时候么？你不帮着划桨么？"

　　"划桨么？这是容易的事。但要划到哪里去呢？"

　　我说："在一切的海里，遇着这样的光景，谁也没有带着主意下来，谁也脱不了在上面泛来泛去。我们尽管划吧。"

梨花

她们还在园里玩，也不理会细雨丝丝穿入她们的罗衣。池边梨花的颜色被雨洗得更白净了，但朵朵都懒懒地垂着。

姊姊说："你看，花儿都倦得要睡了！"

"待我来摇醒他们。"

姊姊不及发言，妹妹的手早已抓住树枝摇了几下。花瓣和水珠纷纷地落下来，铺得银片满地，煞是好玩。

妹妹说："好玩啊，花瓣一离开树枝，就活动起来了！"

"活动什么？你看，花儿的泪都滴在我身上哪。"姊姊说这话时，带着几分怒气，推了妹妹一下。她接着说："我不和你玩了，你自己在这里吧。"

妹妹见姊姊走了，直站在树下出神。停了半晌，老妈子走来，牵着她，一面走着，说："你看，你的衣服都湿透了；在阴雨天，每日要换几次衣服，教人到哪里找太阳给你晒去呢？"

落下来的花瓣，有些被她们的鞋印入泥中；有些粘在妹妹身上，被她带走；有些浮在池面，被鱼儿衔入水里。那多情的燕子不歇地把鞋印上的残瓣和软泥一同衔在口中，到梁间去，构成它们的香巢。

难解决的问题

我叫同伴到钓鱼矶去赏荷，他们都不愿意去，剩我自己走着。我走到清佳堂附近，就坐在山前一块石头上歇息。在瞻顾之间，小山后面一阵唧咕的声音夹着蝉声送到我耳边。

谁愿意在优游的天日中故意要找出人家的秘密呢？然而宇宙间的秘密都从无意中得来。所以在那时候，我不离开那里，也不把两耳掩住，任凭那些声浪在耳边荡来荡去。

劈头一声，我便听得："这实是一个难解决的问题。……"

既说是难解决，自然要把怎样难的理由说出来。这理由无论是局内、局外人都爱听的。以前的话能否钻入我耳里，且不用说，单是这一句，使我不能不注意。

山后的人接下去说："在这三位中，你说要哪一位才合适？……梅说要等我十年；白说要等到我和别人结婚那一天；区说非嫁我不可——她要终身等我。"

"那么，你就要区罢。"

"但是梅的景况，我很了解。她的苦衷，我应当原谅。她能为了我牺牲十年的光阴，从她的境遇看来，无论如何，是很可敬的。设使梅居区的地位，她也能说，要终身等我。"

"那么，梅、区都不要，要白如何？"

"白么？也不过是她的环境使她这样达观。设使她处着梅的景况，她也只能等我十年。"

会话到这里就停了。我的注意只能移到池上，静观那被轻风摇摆的芰荷。呀，叶的那对小鸳鸯正在那里歇午哪！不晓得它们从前也曾解决过方才的问题没有？不上一分钟，后面的声音又来了。

"那么，三个都要如何？"

"笑话，就是没有理性的兽类也不这样办。"

又停了许久。

"不经过那些无用的礼节，各人快活地同过这一辈子不成吗？"

"唔……唔……唔……这是后来的话，且不必提，我们先解决目前的困难罢。我实不肯故意辜负了三位中的一位。我想用拈阄的方法瞎挑一个就得了。"

"这不更是笑话吗？人间哪有这么新奇的事！她们三人中谁愿意遵你的命令，这样办呢？"

他们大笑起来。

"我们私下先拈一拈，如何？你权当做白，我自己权当做梅，剩下是区的份儿。"

他们由严重的密语化为滑稽的谈笑了。我怕他们要闹下坡来，不敢逗留在那里，只得先走，钓鱼矶也没去成。

爱就是刑罚

"这什么时候了，还埋头在案上写什么？快同我到海边去走走吧。"

丈夫尽管写着，没站起来。也没抬头对他妻子行个"注目笑"的礼。妻子跑到身边，要抢掉他手里的笔，他才说："对不起，你自己去吧。船，明天一早就要开，今晚上我得把这几封信赶出来；十点钟还要送到船里的邮箱去。"

"我要人伴着我到海边去。"

"请七姨子陪你去。"

"七妹子说我嫁了，应当和你同行；她和别的同学先去了。我要你同我去。"

"我实在对不起你，今晚不能随你出去。"他们争执了许久，结果还是妻子独自出去。

丈夫低着头忙他的事体，足有四点钟工夫。那时已经十一点了，他没有进去看看那新婚的妻子回来了没有，披起大衣大踏步地出门去。

他回来，还到书房里检点一切，才进入卧房。妻子已先睡了。他们的约法：睡迟的人得亲过先睡者的嘴才许上床。所以这位少年走到床前，依法亲了妻子一下。妻子急用手在唇边来回擦了几下。那意思是表明她不受这个接吻。

丈夫不敢上床，呆呆地站在一边。一会儿，他走到窗前，两手支着下颌，点点的泪滴在窗棂上。他说："我从来没受过这样刑罚！……你的爱，到底在哪里？"

"你说爱我，方才为什么又刑罚我，使我孤零？"妻子说完，随即起来，安慰他说："好人，不要当真，我和你闹玩哪。爱就是刑罚，我们能免掉么？"

债

他一向就住在妻子家里，因为他除妻子以外，没有别的亲戚。妻家的人爱他的聪明，也怜他的伶仃，所以万事都尊重他。

他的妻子早已去世，膝下又没有子女。他的生活就是念书、写字，有时还弹弹七弦。他绝不是一个书呆子，因为他常要在书内求理解，不像书呆子只求多念。

妻子的家里有很大的花园供他游玩；有许多奴仆听他使令。但他从没有特意到园里游玩；也没有呼唤过一个仆人。

在一个阴郁的天气里，人无论在什么地方都不舒服的。岳母叫他到屋里闲谈，不晓得为什么缘故就劝起他来。岳母说：

"我觉得自从俪儿去世以后，你就比前格外客气。我劝你无须如此，因为外人不知道都要怪我。看你穿成这样，还不如家里的仆人，若有生人来到，叫我怎样过得去？倘或有人欺负你，说你这长那短，尽可以告诉我，我责罚他给你看。"

"我哪里懂得客气？不过我只觉得我欠的债太多，不好意思多要什么。"

"什么债？有人问你算账么？唉，你太过见外了！我看你和自己的子侄一样，你短了什么，尽管问管家的要去；若有人敢说闲话，我定不饶他。"

"我所欠的是一切的债。我看见许多贫乏人、愁苦人，就如该了他们无量数的债一般。我有好的衣食，总想先偿还他们。世间若有一个人吃不饱足，穿不暖和，住不舒服，我也不敢公然独享这具足的生活。"

"你说得太玄了！"她说过这话，停了半晌才接着点头说："很好，这才是读书人'先天下之忧而忧'的精神。……然而你要什么时候才还得清呢？你有清还的计划没有？"

"唔……唔……"他心里从来没有想到这个，所以不能回答。

"好孩子，这样的债，自来就没有人能还得清，你何必自寻苦恼？我想，你还是做一个小小的债主吧。说到具足生活，也是没有涯岸的：我们今日所谓具足，焉知不是明日的缺陷？你多念一点书就知道生命即是缺陷的苗圃，是烦恼的秧田；若要补修缺陷，拔除烦恼，除弃绝生命外，没有别条道路。然而，我们哪能办得到？个个人都那么怕死！你不要做这种非非想，还是顺着遇做人去罢。"

"时间……计划……做人……"这几个字从岳母口里发出，他的耳鼓就如受了极猛烈的椎击。他想来想去，已想昏了。他为解决这事，好几天没有出来。

那天早晨，女佣端粥到他房里，没见他，心中非常疑惑。因为早晨，他没有什么地方可去：海边呢？他是不轻易到的。花园呢？他更不愿意在早晨去。因为丫头们都在那个时候到园里争摘好花去献给她们几位姑娘。他最怕见的是人家毁坏现成的东西。

女佣四围一望，蓦地看见一封信被留针刺在门上。她忙取下来，给别人一看，原来是给老夫人的。

她把信拆开，递给老夫人。上面写着：

亲爱的岳母：

你问我的话，教我实在想不出好回答。而且，因你这一问，使我越发觉得我所负的债更重。我想做人若不能还债，就得避债，决不能教债主把他揪住，使他受苦。若论还债，依我的力量、才能，是不济事的。我得出去找几个帮忙的人。如果不能找着，再想法子。现在我去了，多谢你栽培我这么些年。我的前途，望你记念；我的往事，愿你忘却。我也要时时祝你平安。

婿容融留字

老夫人念完这信，就非常愁闷。以后，每想起她的女婿，便好几天不高兴。但不高兴尽管不高兴，女婿至终没有回来。

暾将出兮东方

在山中住，总要起得早，因为似醒非醒地眠着，是山中各样的朋友所憎恶的。破晓起来，不但可以静观彩云的变幻；细听鸟语的婉转；有时还从山巅、树表、溪影、村容之中给我们许多可说不可说的愉快。

我们住在山压檐牙阁里，有一次，在曙光初透的时候，大家还在床上眠着，耳边恍惚听见一队童男女的歌声，唱道：

榻上人，应觉悟！

晓鸡频催三两度。

君不见——

"暾将出兮东方"，

微光已透前村树?

榻上人，应觉悟!

往后又跟着一节和歌：

暾将出兮东方!

暾将出兮东方!

会见新曦被四表，

使我乐兮无央。

那歌声还接着往下唱，可惜离远了，不能听得明白。

啸虚对我说："这不是十年前你在学校里教孩子唱的么?怎么会跑到这里唱起来?"

我说："我也很诧异，因为这首歌，连我自己也早已忘了。"

"你的暮气满面，当然会把这歌忘掉。我看你现在要用赞美光明的声音去赞美黑暗哪。"

我说："不然，不然。你何尝了解我? 本来，黑暗是不足诅咒，光明是无须赞美的。光明不能增益你什么，黑暗不能妨害你什么，你以何因缘而生出差别心来? 若说要赞美的话：在早晨就该赞美早晨; 在日中就该赞美日中; 在黄昏就该赞美黄昏；在长夜就该赞美长夜；在过去、现在、将来一切时间，就该赞美过去、现在、将来一切时间。说到诅咒，亦复如是。"

那时，朝曦已射在我们脸上，我们立即起来，计划那日的游程。

鬼赞

你们曾否在凄凉的月夜听过鬼赞？有一次，我独自在空山里走，除远处寒潭的鱼跃出水声略可听见以外，其余种种，都被月下的冷露幽闭住。我的衣服极其润湿，我两腿也走乏了。正要转回家中，不晓得怎样就经过一区死人的聚落。我因疲极，才坐在一个祭坛上少息。在那里，看见一群幽魂高矮不齐，从各坟墓里出来。他们仿佛没有看见我，都向着我所坐的地方走来。

他们从这墓走过那墓，一排排地走着，前头唱一句，后面应一句，和举行什么巡礼一样。我也不觉得害怕，但静静地坐在一旁，听他们的唱和。

第一排唱：“最有福的是谁？”

往下各排挨着次序应。

“是那曾用过视官，而今不能辨明暗的。”

“是那曾用过听官，而今不能辨声音的。”

“是那曾用过嗅官，而今不能辨香味的。”

“是那曾用过味官，而今不能辨苦甘的。”

“是那曾用过触官，而今不能辨粗细、冷暖的。”

各排应完，全体都唱：“那弃绝一切感官的有福了！我们的骷髅有福了！”

第一排的幽魂又唱：“我们的骷髅是该赞美的。我们要赞美我们的骷髅。”

领首的唱完，还是挨着次序一排排地应下去。

“我们赞美你，因为你哭的时候，再不流眼泪。”

“我们赞美你，因为你发怒的时候，再不发出紧急的气息。”

“我们赞美你，因为你悲哀的时候再不皱眉。”

“我们赞美你，因为你微笑的时候，再没有嘴唇遮住你的牙齿。”

“我们赞美你，因为你听见赞美的时候，再没有血液在你的脉里颤动。”

"我们赞美你，因为你不肯受时间的拨弄。"

全体又唱："那弃绝一切感官的有福了！我们的骷髅有福了！"

他们把手举起来一同唱：

"人哪，你在当生、来生的时候，有泪就得尽量流；有声就得尽量唱；有苦就得尽量尝；有情就得尽量施；有欲就得尽量取；有事就得尽量成就。等到你疲劳、等到你歇息的时候，你就有福了！"

他们诵完这段，就各自分散。一时，山中睡不熟的云直望下压，远地的丘陵都给埋没了。我险些儿也迷了路途，幸而有断断续续的鱼跃出水声从寒潭那边传来，使我稍微认得归路。

第 三 辑
春的林野

春光在万山环抱里，更是泄漏得迟。那里的桃花还是开着；漫游的薄云从这峰飞过那峰，有时稍停一会儿，为的是挡住太阳，教地面的花草在它的荫下避避光焰的威吓。

我想

我想什么？

我心里本有一条达到极乐园地的路，从前曾被那女人走过的；现在那人不在了，这条路不但是荒芜，并且被野草、闲花、棘枝、绕藤占据得找不出来了！

我许久就想着这条路，不单是开给她走的，她不在，我岂不能独自来往？

但是野草、闲花这样美丽、香甜，我怎舍得把他们去掉呢？棘枝、绕藤又那样横逆、蔓延，我手里又没有器械，怎敢惹他们呢？我想独自在那路上徘徊，总没有实行的日子。

日子一久，我连那条路的方向也忘了。我只能日日跑到路口那个小池的岸边静坐，在那里怅望，和沉思那草掩、藤封的道途。

狂风一吹，野花乱坠，池中锦鱼道是好饵来了，争着上来唼喋。我所想的，也浮在水面被鱼喋入口里；复幻成泡沫吐出来，仍旧浮回空中。

鱼还是活活泼泼地游；路又不肯自己开了；我更不能把所想的撇在一边。呀！

我定睛望着上下游泳的锦鱼；我的回想也随着上下游荡。

呀，女人！你现在成为我"记忆的池"中的锦鱼了。你有时浮上来，使我得以看见你；有时沉下去，使我费神猜想你是在某片落叶底下，或某块沙石之间。

但是那条路的方向我早忘了，我只能每日坐在池边，盼望你能从水底浮上来。

万物之母

在这经过离乱的村里，荒屋破篱之间，每日只有几缕零零落落的炊烟冒上来，那人口的稀少可想而知。你一进到无论哪个村里，最喜欢遇见的，是不是村童在阡陌间或园圃中跳来跳去；或走在你前头，或随着你步后模仿你的行动？村里若没有孩子们，就不成村落了。在这经过离乱的村里，不但没有孩子，而且有人向你要求孩子！

这里住着一个不满三十岁的寡妇，一见人来，便要求，说："善心善行的人，求你对那位总爷说，把我的儿子给回。那穿虎纹衣服、戴虎儿帽的便是我的儿子。"

他的儿子被乱兵杀死已经多年了。她从不会忘记：总爷把无情的剑拔出来的时候，那穿虎纹衣服的可怜儿还用双手招着，要她搂抱。她要跑去接的时候，她的精神已和黄昏的霞光一同麻痹而熟睡了。唉，最惨的事岂不是人把寡妇怀里的独生子夺过去，且在她面前害死吗？要她在醒后把这事完全藏在她记忆的多宝箱里，可以说，比剖芥子来藏须弥还难。

她的屋里排列了许多零碎的东西；当时她儿子玩过的小团也在其中。在黄昏时候，她每把各样东西抱在怀里说，"我的儿，母亲岂有不救你，不保护你的？你现在在我怀里咧。不要作声，看一会儿人来又把你夺去。"可是一过了黄昏，她就立刻醒悟过来，知道那所抱的不是她的儿子。

那天，她又出来找她的"命"。月的光明蒙着她，使她在不知不觉间进入村后的山里。那座山，就是白天也少有人敢进去，何况在盛夏的夜间，杂草把樵人的小径封得那么严！她一点也不害怕，攀着小树，缘着茑萝，慢慢地上去。

她坐在一块大石上歇息，无意中给她听见了一两声的儿啼。她不及判别，便说："我的儿，你藏在这里么？我来了，不要哭啦。"

她从大石下来，随着声音的来处，爬入石下一个洞里。但是里面一点东西也没有。她很疲乏，不能再爬出来，就在洞里睡了一夜。

第二天早晨，她醒时，心神还是非常恍惚。她坐在石上，耳边还留着昨晚上的儿啼声。这当然更要动她的心，所以那方从霭云被里钻出来的朝阳无力把她脸上和鼻端的珠露晒干了。她在瞻顾中，才看出对面山岩上坐着一个穿虎纹衣服的孩子。可是她看错了！那边坐着的，是一只虎子；它的声音从那边送来很像儿啼。她立即离开所坐的地方，不管当中所隔的谷有多么深，尽管攀缘着，向那边去。不幸早露未干，所依附的都很湿滑，一失手，就把她溜到谷底。

她昏了许久才醒回来。小伤总免不了，却还能够走动。她爬着。看见身边暴露了一副小骷髅。

"我的儿，你方才不是还在山上哭着么？怎么你母亲来得迟一点，你就变成这样？"她把骷髅抱住，说，"呀，我的苦命儿，我怎能把你医治呢？"悲苦尽管悲苦，然而，自她丢了孩子以后，不能不算这是她第一次的安慰。

从早晨直到黄昏，她就坐在那里，不但不觉得饿，连水也没喝过。零星几点，已悬在天空，那天就在她的安慰中过去了。

她忽想起幼年时代，人家告诉她的神话，就立起来说："我的儿，我抱你上山顶，先为你摘两颗星星下来，嵌入你的眼眶，教你看得见；然后给你找相像的皮肉来补你的身体。可是你不要再哭，恐怕给人听见，又把你夺过去。"

"敬姑，敬姑。"找她的人们在满山中这样叫了好几声，也没有一点回响。

"也许她被那只老虎吃了。"

"不，不对。前晚那只老虎是跑下来捕云哥圈里的牛犊被打死的。如果那东西把敬姑吃了，绝不再下山来赴死。我们再进深一点找罢。"

唉，他们的工夫白费了！

纵然找着她，若是她还没有把星星抓在手里，她心里怎能平安，怎肯随着他们回来？

春的林野

春光在万山环抱里，更是泄漏得迟。那里的桃花还是开着；漫游的薄云从这峰飞过那峰，有时稍停一会儿，为的是挡住太阳，教地面的花草在它的荫下避避光焰的威吓。

岩下的荫处和山溪的旁边长满了薇蕨和其他凤尾草。红、黄、蓝、紫的小草花点缀在绿茵上头。

天中的云雀，林中的金莺，都鼓起它们的舌簧。轻风把它们的声音挤成一片，分送给山中各样有耳无耳的生物。桃花听得入神，禁不住落了几点粉泪，一片一片凝在地上。小草花听得大醉，也和着声音的节拍一会儿倒，一会儿起，没有镇定的时候。

林下一班孩子正在那里捡桃花的落瓣哪。他们捡着，清儿忽嚷起来，道："嘎，邕邕来了！"众孩子住了手，都向桃林的尽头盼望。果然邕邕也在那里摘草花。

清儿道："我们今天可要试试阿桐的本领了。若是他能办得到，我们都把花瓣穿成一串璎珞围在他身上，封他为大哥如何？"

众人都答应了。

阿桐走到邕邕面前，道："我们正等着你来呢。"

阿桐的左手盘在邕邕的脖上，一面走一面说："今天他们要替你办嫁妆，教你做我的妻子。你能做我的妻子么？"

邕邕狠视了阿桐一下，回头用手推开他，不许他的手再搭在自己脖上。孩子们都笑得支持不住了。

众孩子嚷道："我们见过邕邕用手推人了！阿桐赢了！"

邕邕从来不会拒绝人，阿桐怎能知道一说那话，就能使她动手呢？是春光的荡漾，把他这种心思泛出来呢？或者，天地之心就是这样呢？

你且看：漫游的薄云还是从这峰飞过那峰。

你且听：云雀和金莺的歌声还布满了空中和林中。

在这万山环抱的桃林中，除那班爱闹的孩子以外，万物把春光领略得心眼都迷蒙了。

花香雾气中的梦

在覆茅涂泥的山居里，那阻不住的花香和雾气从疏帘窜进来，直扑到一对梦人身上。妻子把丈夫摇醒，说："快起吧，我们的被褥快湿透了。怪不得我总觉得冷，原来太阳被囚在浓雾的监狱里不能出来。"

那梦中的男子，心里自有他的温暖，身外的冷与不冷他毫不介意。他没有睁开眼睛便说："嗳呀，好香！许是你桌上的素馨露洒了罢？"

"哪里？你还在梦中哪。你且睁眼看帘外的光景。"

他果然揉了眼睛，拥着被坐起来，对妻子说："怪不得我净梦见一群女子在微雨中游戏。若是你不叫醒我，我还要往下梦哪。"

妻子也拥着她的绒被坐起来说："我也有梦。"

"快说给我听。"

"我梦见把你丢了。我自己一人在这山中遍处找寻你，怎么也找不着。我越过山后，只见一个美丽的女郎挽着一篮珠子向各树的花叶上头乱撒。我上前去向她问你的下落，她笑着问我：'他是谁，找他干什么？'我当然回答，他是我的丈夫……"

"原来你在梦中也记得他！"他笑着说这话，那双眼睛还显出很滑稽的样子。

妻子不喜欢了。她转过脸背着丈夫说："你说什么话！你老是要挑剔人家的话语，我不往下说了。"她推开绒被，随即呼唤丫头预备脸水。

丈夫速把她揪住，央求说："好人，我再不敢了。你往下说吧。以后若再饶舌，情愿挨罚。"

"谁稀罕罚你？"妻子把这次的和平画押了。她往下说："那女人对我说，你在山前柚花林里藏着。我那时又像把你忘了。……"

"哦，你又……不，我应许过不再说什么的；不然，我就要挨罚了。你到底找着我没有？"

　　"我没有向前走，只站在一边看她撒珠子。说来也很奇怪：那些珠子粘在各花叶上都变成五彩的凝露，连我的身体也沾满了。我忍不住，就问那女郎。女郎说：'东西还是一样，没有变化，因为你的心思前后不同，所以觉得变了。你认为珠子，是在我撒手之前，因为你想我这篮子绝不能盛得露水。你认为露珠时，在我撒手之后，因为你想那些花叶不能留住珠子。我告诉你：你所认的不在东西，乃在使用东西的人和时间；你所爱的，不在体质，乃在体质所表的情。你怎样爱月呢？是爱那悬在空中已经老死的暗球么？你怎样爱雪呢？是爱它那种砭人肌骨的凛冽么？'"

　　"她一说到雪，我打了一个寒噤，便醒起来了。"

　　丈夫说："到底没有找着我。"

　　妻子一把抓住他的头发，笑说："这不是找着了吗？……我说，这梦怎样？"

　　"凡你所梦都是好的。那女郎的话也是不错。我们最愉快的时候岂不是在接吻后，彼此的凝视吗？"他向妻子痴笑，妻子把绒被拿起来，盖在他头上，说："恶鬼！这回可不让你有第二次的凝视了。"

荼蘼

我常得着男子送给我的东西，总没有当它们做宝贝看。我的朋友师松却不如此，因为她从不曾受过男子的赠予。

自鸣钟敲过四下以后，山上礼拜寺的聚会就完了。男男女女像出圈的羊，争要下到山坡觅食一般。那边有一个男学生跟着我们走，他的正名字我忘记了，我只记得人家都叫他做"宗之"。他手里拿着一枝荼蘼，且行且嗅。荼蘼本不是香花，他嗅着，不过是一种无聊举动便了。

"松姑娘，这枝荼蘼送给你。"他在我们后面嚷着。松姑娘回头看见他满脸堆着笑容递着那花，就速速伸手去接。她接着说："很多谢，很多谢。"宗之只笑着点点头，随即从西边的山径转回家去。

"他给我这个，是什么意思？"

"你想他有什么意思，他就有什么意思。"我这样回答她。走不多远，我们也分途各自家去了。

她自下午到晚上不歇把弄那枝荼蘼。那花像有极大的魔力，不让她撒手一样。她要放下时，每觉得花儿对她说："为什么离夺我？我不是从宗之手里递给你，交你照管的吗？"

呀，宗之的眼、鼻、口、齿、手、足、动作，没有一件不在花心跳跃着，没有一件不在她眼前的花枝显现出来！她心里说："你这美男子，为甚缘故送给我这花儿？"她又想起那天经坛上的讲章，就自己回答说："因为他顾念他使女的卑微，从今而后，万代要称我为有福。"

这是她爱荼蘼花，还是宗之爱她呢？我也说不清，只记得有一天我和宗之正坐在榕树根谈话的时候，他家的人跑来对他说："松姑娘吃了一朵什么花，说是你给她的，现在病了。她家的人要找你去问话咧。"

他吓了一跳，也摸不着头脑，只说："我哪时节给她东西吃？这真是……"

我说，"你细想一想。"他怎么也想不起来。我才提醒他说，"你前个月在斜道上不是给了她一朵荼蘼吗？"

"对呀，可不是给了她一朵荼蘼！可是我哪里教她吃了呢？"

"为什么你单给她，不给别人？"我这样问他。

他很直接地说，"我并没有什么意思，不过随手摘下，随手送给别人就是了。我平素送了许多东西给人，也没有什么事；怎么一朵小小的荼蘼就可使她着了魔？"

他还坐在那里沉吟，我便促他说："你还能在这里坐着么？不管她是误会，你是有意，你既然给了她，现在就得去看她一看才是。"

"我哪有什么意思？"

我说："你且去看看吧。蚌蛤何尝立志要生珠子呢？也不过是外间的沙粒偶然渗入它的壳里，它就不得不用尽功夫分泌些黏液把那小沙裹起来罢了。你虽无心，可是你的花一到她手里，管保她不因花而爱起你来吗？你敢保她不把那花当作你所赐给爱的标识，就纳入她的怀中，用心里无限的情思把它围绕得非常严密吗？也许她本无心，但因你那美意的沙无意中掉在她爱的贝壳里，使她不得不如此。不用踌躇了，且去看看吧。"

宗之这才站起来，皱一皱他那副冷静的脸庞，跟着来人从林菁的深处走出去了。

银翎的使命

黄先生约我到狮子山麓阴湿的地方去找捕蝇草。那时刚过梅雨之期，远地青山还被烟霞蒸着，唯有几朵山花在我们眼前淡定地看那在溪涧里逆行的鱼儿喋着他们的残瓣。

我们沿着溪涧走。正在找寻的时候，就看见一朵大白花从上游顺流而下。我说："这时候，哪有偌大的白荷花流着呢？"

我的朋友说："你这近视鬼！你准看出那是白荷花么？我看那是……"

说时迟，来时快，那白的东西已经流到我们跟前。黄先生急把采集网拦住水面；那时，我才看出是一只鸽子。他从网里把那死的飞禽取出来，诧异说："是谁那么不仔细，把人家的传书鸽打死了！"他说时，从鸽翼下取出一封长的小信来，那信已被水浸透了，我们慢慢把它展开，披在一块石上。

"我们先看看这是从哪里来，要寄到哪里去的，然后给他寄去，如何？"我一面说，一面看着。但那上头不仅地址没有，甚至上下的款识也没有。

黄先生说："我们先看看里头写的是什么，不必讲私德了。"

我笑着说："是，没有名字的信就是公的，所以我们也可以披阅一遍。"

于是我们一同念着：

你教昆儿带银翎、翠翼来，吩咐我，若是它们空着回去，就是我还平安的意思。我恐怕他知道，把这两只小宝贝寄在霞妹那里；谁知道前天她开笼搁饲料的时候，不提防把翠翼放走了！

嗳，爱者，你看翠翼没有带信回去，定然很安心，以为我还平安无事。我也很盼望你常想着我的精神和去年一样。不过现在不能不对你说的，就是过几天人就要把我接去了！我不得不叫你速速来和他计较。你一来，什么事都好办了。因为他怕的是你和他讲理。

嗳，爱者，你见信以后，必得前来，不然，就见我不着；

以后只能在累累荒冢中读我的名字了，这不是我不等你，时间不让我等你哟！

我盼望银翎平平安安地带着他的使命回去。

我们念完，黄先生道："这是怎么一回事？"

"谁能猜呢？反正是不幸的事罢了。现在要紧的，就是怎样处置这封信。我想把他贴在树上，也许有知道这事的人经过这里，可以把他带去。"我摇着头，且轻轻地把信揭起。

黄先生说："不如拿到村里去打听一下，或者容易找出一点线索。"

我们商量之下，就另抄一张起来，仍把原信系在鸽翼底下。黄先生用采掘锹子在溪边挖了一个小坑，把鸽子葬在里头。回头为它立了一座小碑，且从水中淘出几块美丽的小石压在墓上，那墓就在山花盛开的地方，我一翻身，就把些花瓣摇下来，也落在这使者的墓上。

美的牢狱

嬣求正在镜台边理她的晨妆，见她的丈夫从远地回来，就把头拢住，问道："我所需要的你都给带回来了没有？"

"对不起！你虽是一个建筑师，或泥水匠，能为你自己建筑一座'美的牢狱'；我却不是一个转运者，不能为你搬运等等材料。"

"你念书不是念得越糊涂，便是越高深了！怎么你的话，我一点也听不懂？"

丈夫含笑说："不懂么？我知道你开口爱美，闭口爱美，多方地要求我给你带等等装饰回来；我想那些东西都围绕在你的体外，合起来，岂不是成为一座监禁你的牢狱吗？"

她静默了许久，也不做声。她的丈夫往下说："妻呀，我想你还不明白我的意思。我想所有美丽的东西，只能让他们散布在各处，我们只能在他们的出处爱它们；若是把他们聚拢起来，搁在一处，或在身上，那就不美了。……"

她睁着那双柔媚的眼，摇着头说，"你说得不对。你说得不对。若不剖蚌，怎能得着珠玑呢？若不开山，怎能得着金刚、玉石、玛瑙等等宝物呢？而且那些东西，本来不美，必得人把它们琢磨出来，加以装饰，才能显得美丽咧。若说我要装饰，就是建筑一所美的牢狱，且把自己监在里头，且问谁不被监在这种牢狱里头呢？如果世间真有美的牢狱，像你所说，那么，我们不过是造成那牢狱的一沙一石罢了。"

"我的意思就是听其自然，连这一沙一石也毋须留存。孔雀何为自己修饰羽毛呢？芰荷何尝把它的花染红了呢？"

"所以说它们没有美感！我告诉你，你自己也早已把你的牢狱建筑好了。"

"胡说！我何曾？"

"你心中不是有许多好的想象，不是要照你的好理想去行事么？你所有的，是不是从古人曾经建筑过的牢狱里捡出其中的残片？或是在自己的世界取出来的材料呢？自然要加上一点人为才能有意思。若是我的形状和荒古时候的人一样，你还爱我吗？我准敢说，你若不好好地住在你的牢狱里头，且不时时地把牢狱的墙垣垒得高高的，我也不能爱你。"

刚愎的男子，你何尝佩服女子的话？你不过会说："就是你会说话！等我思想一会儿，再与你决战。"

补破衣的老妇人

她坐在檐前，微微的雨丝飘摇下来，多半聚在她脸庞的皱纹上头。她一点也不理会，尽管收拾她的筐子。

在她的筐子里有很美丽的零剪绸缎；也有很粗陋的麻头、布尾。她从没有理会雨丝在她头、面、身体之上乱扑，只提防着筐里那些好看的材料沾湿了。

那边来了两个小弟兄。也许他们是学校回来。小弟弟管她叫做"衣服的外科医生"，现在见她坐在檐前，就叫了一声。

她抬起头来，望着这两个孩子笑了一笑。那脸上的皱纹虽皱得更厉害，然而生的痛苦可以从那里挤出许多，更能表明她是一个享乐天年的老婆子。

小弟弟说："医生，你只用筐里的材料在别人的衣服上，怎么自己的衣服却不管了？你看你肩脖补的那一块又该掉下来了。"

老婆子摩一摩自己的肩脖，果然随手取下一块小方布来。她笑着对小弟弟说："你的眼睛实在精明！我这块原没有用线缝住；因为早晨忙着要出来，只用浆子暂时糊着，盼望晚上回去弥补；不提防雨丝替我揭起来了！……这揭得也不错。我，既如你所说，是一个衣服的外科医生，那么，我是不怕自己的衣服害病的。"

她仍是整理筐里的零剪绸缎，没理会雨丝零落在她身上。

哥哥说："我看爸爸的手册里夹着许多的零剪文件；他也是像你一样：不时地翻来翻去。他……"

弟弟插嘴说："他也是另一样的外科医生。"

老婆子把眼光射在他们身上，说："哥儿们，你们说得对了。你们的爸爸爱惜小册里的零碎文件，也和我爱惜筐里的零剪绸缎一般。他凑合多少地方的好意思，等用得着时，就把他们编连起来，成为一种新的理解。所不同的，就是他用的头脑；我用的只是指头便了。你们叫他做……"

说到这里，父亲从里面出来，问起事由，便点头说："老婆子，你的话很中肯。我们所为，原就和你一样，东搜西罗，无非是些绸头、布尾，只配用来补补破衲袄罢了。"

父亲说完，就下了石阶，要在微雨中到葡萄园里，看看他的葡萄长芽了没有，这里孩子们还和老婆子争论着要号他们的爸爸做什么样医生。

光的死

光离开他的母亲去到无量无边，一切生命的世界上。因为他走的时候脸上常带着很忧郁的容貌，所以一切能思维、能造作的灵体也和他表同情；一见他，都低着头容他走过去，甚至带着泪眼避开他。

光因此更烦闷了。他走得越远，力量越不足；最后，他躺下了。他躺下的地方，正在这块大地。在他旁边有几位聪明的天文家互相议论说："太阳的光，快要无所附丽了，因为他冷死的时期一天近似一天了。"

光垂着头，低声诉说："唉，诸大智者，你们为何净在我母亲和我身上担忧？你们岂不明白我是为饶益你们而来么？

你们从没有在我面前做过我曾为你们做的事。你们没有接纳我，也没有……"

他母亲在很远的地方，见他躺在那里叹息，就叫他回去说："我的命儿，我所爱的，你回去吧。我一天一天任你自由地离开我，原是为众生的益处；他们既不承受，你何妨回来？"

光回答说："母亲，我不能回去了。因为我走遍了一切世界，遇见一切能思维、能造作的灵体，到现在还没有一句话能够对你回报。不但如此，这里还有人正咒诅我们哪！我哪有面目回去呢？我就安息在这里罢。"

他的母亲听见这话，一种幽沉的颜色早已现在脸上。他从地上慢慢走到海边，带着自己的身体、威力，一分一厘地浸入水里。

母亲也跟着晕过去了。

再会

靠窗棂坐着那位老人家是一位航海者，刚从海外归来的。他和萧老太太是少年时代的朋友，彼此虽别离了那么些年，然而他们会面时，直像忘了当中经过的日子。现在他们正谈起少年时代的旧话。

"蔚明哥，你不是二十岁的时候出海的么？"她屈着自己的指头，数了一数，才用那双被阅历染浊了的眼睛看着她的朋友说，"呀，四十五年就像我现在数着指头一样地过去了！"

老人家把手捋一捋胡子，很得意地说："可不是！……记得我到你家辞行那一天，你正在园里饲你那只小鹿；我站在你身边一棵正开着花的枇杷树下，花香和你头上的油香杂窜入我的鼻中。当时，我的别绪也不晓得要从哪里说起，但你只低头抚着小鹿。我想你那时也不能多说什么，你竟然先问一句'要等到什么时候我们再能相见呢？'我就慢答道：'毋须多少时候。'那时，你……"

老太太接着说："那时候的光景我也记得很清楚。当你说这句的时候，我不是说'要等再相见时，除非是黑墨有洗得白的时节'。哈哈！你去时，那缕漆黑的头发现在岂不是已被海水洗白了么？"

老人家摩摩自己的头顶，说："对啦！这也算应验哪！可惜我总不见着芳哥，他过去多少年了？"

"唉，久了！你看我已经抱过四个孙儿了。"她说时，看着窗外几个孩子在瓜棚下玩，就指着那最高的孩子说，"你看鼎儿已经十二岁了，他公公就在他弥月后去世的。"

他们谈话时，丫头端了一盘牡蛎煎饼来。老太太举手让着蔚明哥说："我定知道你的嗜好还没有改变，所以特地为你做这东西。你记得我们少时，你母亲有一天做这样的饼给我们吃。你拿一块，吃完了才嫌饼里的牡蛎少，助料也不如我的多，闹着要把我的饼抢去。当时，你母亲说了一句话，教我常常忆起，就是'好孩子，算了吧。助料都是搁在一起渗匀的。做的时候，谁有工夫把分量细细去分配呢？这自然是免不了有些多，有些少的，只要饼的气味好就够了。你所吃的原不定就是为你做的，可是你已经吃过，就不能再要了。'蔚明哥，你说末了这话多么感动我呢！拿这个来比我们的境遇吧：境遇虽然一个一个排列在面前，容我们有机会选择，有人选得好，有人选得歹，可是选定以后，就不能再选了。"

老人家拿起饼来吃，慢慢地说："对啦！你看我这一生净在海面生活，生活极其简单，不像你这么繁复，然而我还是像当时吃那饼一样——也就饱了。"

"我想我老是多得便宜。我的'境遇的饼'虽然多一些助料，也许好吃一些，但是我的饱足是和你一样的。"

谈旧事是多么开心的事！看这光景，他们像要把少年时代的事迹一一回溯一遍似的。但外面的孩子们不晓得因什么事闹起来，老太太先出去做判官，这里留着一位矍铄的航海者静静地坐着吃他的饼。

桥边

我们住的地方就在桃溪溪畔。夹岸遍是桃林：桃实、桃叶映入水中，更显出溪边的静谧。真想不到仓皇出走的人还能享受这明媚的景色！我们日日在林下游玩；有时踱过溪桥，到朋友的蔗园里找新生的甘蔗吃。

这一天，我们又要到蔗园去，刚踱过桥，便见阿芳——蔗园的小主人——很忧郁地坐在桥下。

"阿芳哥，起来领我们到你园里去。"他举起头来，望了我们一眼，也没有说什么。

我哥哥说："阿芳，你不是说你一到水边就把一切的烦闷都洗掉了吗？你不是说，你是水边的蜻蜓么？你看歇在水苣花上那只蜻蜓比你怎样？"

"不错。然而今天就是我第一次的忧闷。"

我们都下到岸边，围绕住他，要打听这回事。他说："方才红儿掉在水里了！"红儿是他的腹婚妻，天天都和他在一块儿玩的。我们听了他这话，都惊讶得很。哥哥说："那么，你还能在这里闷坐着吗？还不赶紧去叫人来？"

"我一回去，我妈心里的忧郁怕也要一颗一颗地结出来，像桃实一样了。我宁可独自在此忧伤，不忍使我妈妈知道。"

我的哥哥不等说完，一股气就跑到红儿家里。这里阿芳还在皱着眉头，我也眼巴巴地望着他，一声也不响。

"谁掉在水里啦？"

我一听，是红儿的声音，速回头一望，果然哥哥携着红儿来了！她笑眯眯地走到芳哥跟前，芳哥像很惊讶地望着她。很久，他才出声说："你的话不灵了么？方才我贪着要到水边看看我的影儿，把他搁在树丫上，不留神轻风一摇，把他摇落水里。他随着流水往下流去；我回头要抱他，他已不在了。"

红儿才知道掉在水里的是她所赠予的小团。她曾对阿芳说那小团也叫红儿，若是把他丢了，便是丢了她。所以芳哥这么谨慎看护着。

芳哥实在以红儿所说的话是千真万真的，看今天的光景，可就教他怀疑了。他说："哦，你的话也是不准的！我这时才知道丢了你的东西不算丢了你，真把你丢了才算。"

我哥哥对红儿说："无意的话倒能教人深信：芳哥对你的信念，头一次就在无意中给你打破了。"

红儿也不着急，只优游地说："信念算什么？要真相知才有用哪。……也好，我借着这个就知道他了。我们还是到蔗园去吧。"

我们一同到蔗园去，芳哥方才的忧郁也和糖汁一同吞下去了。

头发

这村里的大道今天忽然点缀了许多好看的树叶，一直达到村外的麻栗林边。村里的人，男男女女都穿得很整齐，像举行什么大节期一样。但六月间没有重要的节期，婚礼也用不着这么张罗，到底是为甚事？

那边的男子们都唱着他们的歌，女子也都和着。我只静静地站在一边看。

一队兵押着一个壮年的比丘从大道那头进前。村里的人见他来了，歌唱得更大声。妇人们都把头发披下来，争着跪在道旁，把头发铺在道中！从远一望，直像整匹的黑练摊在那里。那位比丘从容地从众女人的头发上走过；后面的男子们都嚷着："可赞美的孔雀旗呀！"

　　他们这一嚷就把我提醒了。这不是倡自治的孟法师入狱的日子吗？我心里这样猜，赶到他离村里的大道远了，才转过篱笆的西边。刚一拐弯，便遇着一个少女摩着自己的头发，很懊恼地站在那里。我问她说："小姑娘，你站在此地，为你们的大师伤心么？"

　　"固然。但是我还咒诅我的头发为什么偏生短了，不能摊在地上，教大师脚下的尘土留下些少在上头。你说今日村里的众女子，哪一个不比我荣幸呢？"

　　"这有什么荣幸？若你有心恭敬你的国土和你的大师就够了。"

　　"咦！静藏在心里的恭敬是不够的。"

　　"那么，等他出狱的时候，你的头发就够长了。"

　　女孩子听了，非常喜欢，至于跳起来说："得先生这一祝福，我的头发在那时定能比别人长些。多谢了！"

　　她跳着从篱笆对面的流连子园去了。我从西边一直走，到那麻栗林边。那里的土很湿。大师的脚印和兵士的鞋印在上头印得很分明。

疲倦的母亲

那边一个孩子靠近车窗坐着，远水，近水，一幅一幅，次第嵌入窗户，射到他的眼中。他手画着，口中还咿咿呀呀地唱些没字曲。

在他身边坐着一个中年妇人，支着头瞌睡。孩子转过脸来，摇了她几下，说："妈妈，你看看，外面那座山很像我家门前的呢。"

母亲举起头来，把眼略睁一睁；没有出声，又支着颐睡去。

过一会儿，孩子又摇她，说："妈妈，'不要睡吧，看睡出病来了。你且睁一睁眼，看看外面八哥和牛打架呢。"

母亲把眼略略睁开，轻轻打了孩子一下，没有做声，又支着头睡去。

孩子鼓着腮，很不高兴。但过一会儿，他又唱起来了。

"妈妈，听我唱歌吧。"孩子对着她说了，又摇她几下。

母亲带着不喜欢的样子说："你闹什么？我都见过，都听过，都知道了。你不知道我很疲乏，不容我歇一下么？"

孩子说："我们是一起出来的，怎么我还顶精神，你就疲乏起来？难道大人不如孩子么？"

车还在深林平畴之间穿行着。车中的人，除那孩子和一两个旅客以外，少有不像他母亲那么鼾睡的。

处女的恐怖

深沉院落，静到极地。虽然我的脚步走在细草之上，还能惊动那伏在绿丛里的蜻蜓。我每次来到庭前，不是听见投壶的音响，便是闻得四弦的颤动；今天，连窗上铁马的轻撞声也没有了！

我心里想着这时候小坡必定在里头和人下围棋；于是轻轻走着，也不声张，就进入屋里。出乎主人的意想，跑去站在他后头，等他蓦然发觉，岂不是很有趣？但我轻揭帘子进去时，并不见小坡，只见他的妹子伏在书案上假寐。我更不好声张，还从原处蹑出来。

走不远，方才被惊的蜻蜓就用那碧玉琢成的一千只眼瞧着我。一见我来，它又鼓起云母的翅膀飞得飒飒作响。可是破岑寂的，还是屋里大踏大步的声音。我心知道小坡的妹子醒了，看见院里有客，紧紧要回避，所以不敢回头观望，让她安然走入内衙。

"四爷，四爷，我们太爷请你进来坐。"我听得是玉笙的声音，回头便说："我已经进去了，太爷不在屋里。"

"太爷随即出来，请到屋里一候。"她揭开帘子让我进去。果然他的妹子不在了！丫头刚走到衙内院子的光景，便有一股柔和而带笑的声音送到我耳边说："外面伺候的人一个也没有，好在是西衙的四爷，若是生客，教人怎样进退？"

"来的无论生熟，都是朋友，又怕什么？"我认得这是玉笙回答她小姐的话语。

"女子怎能不怕男人，敢独自一人和他们应酬么？"

"我又何尝不是女子？你不怕，也就没有什么。"

我才知道她并不曾睡去，不过回避不及，装成那样的。我走近案边，看见一把画未成的纨扇搁在上头。正要坐下，小坡便进来了。

"老四，失迎了。舍妹跑进去，才知道你来。"

"岂敢，岂敢。请原谅我的莽撞。"我拿起纨扇问道，"这是令妹写的？"

"是。她方才就在这里写画。笔法有什么缺点，还求指教。"

"指教倒不敢；总之，这把扇是我捡得的，是没有主的，我要带它回去。"我摇着扇子这样说。

"这不是我的东西，不干我事。我叫她出来与你当面交涉。"小坡笑着向帘子那边叫，"九妹，老四要把你的扇子拿去了！"

他妹子从里面出来；我忙趋前几步——赔笑，行礼。我说："请饶恕我方才的唐突。"她没做声，尽管笑着。我接着说："令兄应许把这扇送给我了。"

小坡抢着说："不！我只说你们可以直接交涉。"

她还是笑着，没有做声。

我说："请九姑娘就案一挥，把这画完成了，我好立刻带走。"

但她仍不做声。她哥哥不耐烦，促她说："到底是允许人家是不允许，尽管说，害什么怕？"妹子扫了他一眼，说："人家就是这么害怕哩。"她对我说："这是不成东西的，若是要，我改天再奉上。"

我速速说，"够了，我不要更好的了。你既然应许，就将这一把赐给我罢。"于是她仍旧坐在案边，用丹青来染那纨扇。我们都在一边看她运笔。小坡笑着对妹子说："现在可不怕人了。"

"当然。"她含笑对着哥哥。自这声音发出以后，屋里、庭外，都非常沉寂；窗前也没有铁马的轻撞声。所能听见的只有画笔在笔洗里拨水的微响，和颜色在扇上的运行声。

第 四 辑
七宝池上的乡思

人面原不如那纸制的面具哟！你看那红的，黑的，白的，青的，喜笑的、悲哀的，目眦怒得欲裂的面容，无论你怎样褒奖，怎样弃嫌，他们一点也不改变。红的还是红，白的还是白，目眦欲裂的还是目眦欲裂。

乡曲的狂言

在城市住久了，每要害起村庄的相思病来。我喜欢到村庄去，不单是贪玩那不染尘垢的山水，并且爱和村里庶人攀谈。我常想着到村里听庄稼人说两句愚拙的话语，胜过在郡邑里领受那些智者的高谈大论。

这日，我们又跑到村里拜访耕田的隆哥。他是这小村的长者，自己耕着几亩地，还艺一所菜园。他的生活倒是可以羡慕的。他知道我们不愿意在他矮陋的茅屋里，就让我们到篱外的瓜棚底下坐坐。

横空的长虹从前山的凹处吐出来，七色的影印在清潭的水面。我们正凝神看着，蓦然听得隆哥好像对着别人说："冲那边走吧，这里有人。"

"我也是人，为何这里就走不得？"我们转过脸来，那人已站在我们跟前。那人一见我们，应行的礼，他也懂得。我们问过他的姓名，请他坐。隆哥看见这样，也就不做声了。

我们看他不像平常人，但他有什么毛病，我们也无从说起。他对我们说："自从我回来，村里的人不晓得当我做个什么。我想我并没有坏意思，我也不打人，也不叫人吃亏，也不占人便宜，怎么他们就这般地欺负我——连路也不许我走？"

和我同来的朋友问隆哥说："他的职业是什么？"隆哥还没做声，他便说："我有事做，我是有职业的人。"说着，便从口袋里掏出一本小折子来，对我的朋友说："我是做买卖的。我做了许久了，这本折子里所记的账不晓得是人该我的，还是我该人的，我也记不清楚，请你给我看看。"他把折子递给我的朋友，我们一同看，原来是同治年间的废折！我们忍不住大笑起来，隆哥也笑了。

隆哥怕他招笑话，想法子把他哄走。我们问起他的来历，隆哥说他从少在天津做买卖，许久没有消息，前几天刚回来的。我们才知道他是村里新回来的一个狂人。

隆哥说："怎么一个好好的人到城市里就变成一个疯子回来？我听见人家说城里有什么疯人院，是造就这种疯子的。你们住在城里，可知道有没有这回事？"

我回答说："笑话！疯人院是人疯了才到里边去，并不是把好好的人送到那里教疯了放出来的。"

"既然如此，为何他不到疯人院里住，反跑回来，到处骚扰？"

"那我可不知道了。"我回答时，我的朋友同时对他说："我们也是疯人，为何不到疯人院里住？"

隆哥很诧异地问："什么？"

我的朋友对我说："我这话，你说对不对？认真说起来，我们何尝不狂？要是方才那人才不狂呢。我们心里想什么，口又不敢说，手也不敢动，只会装出一副脸孔，倒不如他想说什么便说什么，想做什么就做什么，那份诚实，是我们做不到的。我们若想起我们那些受拘束而显出来的动作，比起他那真诚的自由行动，岂不是我们倒成了狂人？这样看来，我们才疯，他并不疯。"

隆哥不耐烦地说："今天我们都发狂了，说那个干什么？我们谈别的吧。"

瓜棚底下闲谈，不觉把印在水面长虹惊跑了。隆哥的儿子赶着一对白鹅向潭边来。我的精神又贯注在那纯净的家禽身上。鹅见着水也就发狂了。他们互叫了两声，便拍着翅膀趋入水里，把静明的镜面踏破。

生

　　我的生活好像一棵龙舌兰，一叶一叶慢慢地长起来。某一片叶在一个时期曾被那美丽的昆虫做过巢穴；某一片叶曾被小鸟们歇在上头歌唱过。现在那些叶子都落掉了！只有瘢楞的痕迹留在干上，人也忘了某叶某叶曾经显过的样子。那些叶子曾经历过的事迹唯有龙舌兰自己可以记忆得来，可是它不能说给别人知道。

　　我的生活好像我手里这管笛子。它在竹林里长着的时候，许多好鸟歌唱给它听；许多猛兽长啸给它听；甚至天中的风雨雷电都不时教给它发音的方法。

　　它长大了，一切教师所教的都纳入它的记忆里。然而它身中仍是空空洞洞，没有什么。

　　做乐器者把它截下来，开几个气孔，搁在唇边一吹，它从前学的都吐露出来了。

公理战胜

那晚上要举行战胜纪念第一次的典礼，不曾尝过战苦的人们争着要尝一尝战后的甘味。式场前头的人，未到七点钟，早就挤满了。

那边一个声音说："你也来了！你可是为庆贺公理战胜来的？"这边随着回答道："我只来瞧热闹，管他公理战胜不战胜。"

在我耳边恍惚有一个说话带乡下土腔的说："一个洋皇上生日倒比什么都热闹！"

我的朋友笑了。

我郑重地对他说："你听这愚拙的话，倒很入理。"

"我也信——若说战神是洋皇帝的话。"

人声，乐声，枪声，和等等杂响混在一处，几乎把我们的耳鼓震裂了。我的朋友说："你看，那边预备放烟花了，我们过去看看吧。"

我们远远站着，看那红黄蓝白诸色火花次第地冒上来。"这真好，这真好！"许多人都是这样颂扬。但这是不是颂扬公理战胜？

旁边有个人说："你这灿烂的烟花，何尝不是地狱的火焰？若是真有个地狱，我想其中的火焰也是这般好看。"

我的朋友低声对我说："对呀，这烟花岂不是从纪念战死的人而来的？战死的苦我们没有尝到，由战死而显出来的地狱火焰我们倒看见了。"

我说："所以我们今晚的来，不是要趁热闹，乃是要凭吊那班愚昧可怜的牺牲者。"

谈论尽管谈论，烟花还是一样地放。我们的声音常是沦没在腾沸的人海里。

面具

人面原不如那纸制的面具哟！你看那红的，黑的，白的，青的，喜笑的、悲哀的，目眦怒得欲裂的面容，无论你怎样褒奖，怎样弃嫌，他们一点也不改变。红的还是红，白的还是白，目眦欲裂的还是目眦欲裂。

人面呢？颜色比那纸制的小玩意儿好而且活动，带着生气。可是你褒奖他的时候，他虽是很高兴，脸上却装出很不愿意的样子；你指摘他的时候，他虽是懊恼，脸上偏要显出勇于纳言的颜色。

人面到底是靠不住呀！我们要学面具，但不要戴它，因为面具后头应当让它空着才好。

别话

素辉病得很重，离她停息的时候不过十二个时辰了。她丈夫坐在一边，一手支颐，一手把着病人的手臂，宁静而恳挚的眼光都注在他妻子的面上。

黄昏的微光一分一分地消失，幸而房里都是白的东西，眼睛不至于失了它们的辨别力。屋里的静默，早已充满了死的气色。看护妇又不进来，她的脚步声只在门外轻轻地踱过去，好像告诉屋里的人说："生命的步履不往这里来，离这里渐次远了。"

强烈的电光忽然从玻璃泡里的金丝发出来。光的浪把那病人的眼睑冲开。丈夫见她这样，就回复他的希望，恳挚地说：

"你——你醒过来了！"

素辉好像没听见这话，眼望着他，只说别的。她说，"嗳，珠儿的父亲，在这时候，你为什么不带她来见见我？"

"明天带她来。"

屋里又沉默了许久。

"珠儿的父亲哪，因为我身体软弱、多病的缘故，教你牺牲许多光阴来看顾我，还阻碍你许多比服侍我更要紧的事，我实在对你不起。我的身体实不容我……"

"不要紧的，服侍你也是我应当做的事。"

她笑。但白的被窝中所显出来的笑容并不是欢乐的标识。她说："我很对不住你，因为我不曾为我们生下一个男儿。"

"哪里的话！女孩子更好。我爱女的。"

凄凉中的喜悦把素辉身中预备要走的魂拥回来。她的精神似乎比前强些，一听丈夫那么说，就接着道："女的本不足爱：你看许多人——连你——为女人惹下多少烦恼！……不过是——人要懂得怎样爱女人，才能懂得怎样爱智慧。不会爱或拒绝爱女人的，纵然他没有烦恼，他是万灵中最愚蠢的人。珠儿的父亲，珠儿的父亲哪，你佩服这话么？"

这时，就是我们——旁边的人——也不能为珠儿的父亲想出一句答辞。

"我离开你以后，切不要因为我，就一辈子过那鳏夫的生活。你必要为我的缘故，依我方才的话爱别的女人。"她说到这里把那只几乎动不得的右手举起来，向枕边摸索。

"你要什么？我替你找。"

"戒指。"

丈夫把她的手扶下来，轻轻在她枕边摸出一只玉戒指来递给她。

"珠儿的父亲，这戒指虽不是我们订婚用的，却是你给我的；你可以存起来，以后再给珠儿的母亲，表明我和她的连属。除此以外，不要把我的东西给她，恐怕你要当她是我；不要把我们的旧话说给她听，恐怕她要因你的话就生出差别心，说你爱死的妇人甚于爱生的妻子。"她把戒指轻轻地套在丈夫左手的无名指上。丈夫随着扶她的手与他的唇边略一接触。妻子对于这番厚意，只用微微睁开的眼睛看着他。除掉这样的回报，她实在不能表现什么。

丈夫说："我应当为你做的事，都对你说过了。我再说一句，无论如何，我永久爱你。"

"咦，再过几时，你就要把我的尸体扔在荒野中了！虽然我不常住在我的身体内，可是人一离开，再等到什么时候，在什么地方才能互通我们恋爱的消息呢？若说我们将要住在天堂的话，我想我也永无再遇见你的日子，因为我们的天堂不一样。你所要住的，必不是我现在要去的。何况我还不配住在天堂？我虽不信你的神，我可信你所信的真理。纵然真理有能力，也不为我们这小小的缘故就永远把我们结在一块。珍重吧，不要爱我于离别之后。"

丈夫既不能说什么话，屋里只可让死的静寂占有了。楼底下恍惚敲了七下自鸣钟。他为尊重医院的规则，就立起来，握着素辉的手说："我的命，再见吧，七点钟了。"

"你不要走，我还和你谈话。"

"明天我早一点来，你累了，歇歇吧。"

"你总不听我的话。"她把眼睛闭了，显出很不愿意的样子。丈夫无奈，又停住片时，但她实在累了，只管躺着，也没有什么话说。

丈夫轻轻蹑出去。一到楼口，那脚步又退后走，不肯下去。他又蹑回来，悄悄到素辉床边，见她显着昏睡的形态，枯涩的泪点滴不下来，只挂在眼睑之间。

爱流汐涨

月儿的步履已踏过嵇家的东墙了。孩子在院里已等了许久，一看见上半弧的光刚射过墙头，便忙忙跑到屋里叫道："爹爹，月儿上来了，出来给我燃香罢。"

屋里坐着一个中年的男子，他的心负了无量的愁闷。外面的月亮虽然还像去年那么圆满，那么光明，可是他对于月亮的情绪就大不如去年了。当孩子进来叫他的时候，他就起来，勉强回答说："宝璜，今晚上不必拜月，我们到院里对着月光吃些果品，回头再出去看看别人的热闹。"

孩子一听见要出去看热闹，更喜得了不得。他说："为什么今晚上不拈香呢？记得从前是妈妈点给我的。"

父亲没有回答他。但孩子的话很多，问得父亲越发伤心了。他对着孩子不甚说话。只有向月不歇地叹息。

"爹爹今晚上不舒服么？为何气喘得那么厉害？"

父亲说："是，我今晚上病了。你不是要出去看热闹么？可以教素云姐带你去，我不能去了。"

素云是一个年长的丫头。主人的心思、性地，她本十分明白，所以家里无论大小事几乎是她一人主持。她带宝璜出门，到河边看看船上和岸上各样的灯色；便中就告诉孩子说："你爹爹今晚不舒服了，我们得早一点回去才是。"

孩子说："爹爹白天还好好地，为何晚上就害起病来了？"

"唉，你记不得后天是妈妈的百日吗？"

"什么是妈妈的百日？"

"妈妈死掉，到后天是一百天的工夫。"

孩子实在不能理会那"一百日"的深密意思，素云只得说："夜深了，咱们回家去吧。"

素云和孩子回来的时候，父亲已经躺在床上，见他们回来，就说："你们回来了。"她跑到床前回答说："二爷，我们回来了。晚上大哥儿可以和我同睡，我招呼他，好不好？"

父亲说："不必。你还是睡你的吧。你把他安置好，就可以去歇息，这里没有什么事。"

这个七岁的孩子就睡在离父亲不远的一张小床上。外头的鼓乐声，和树梢的月影，把孩子嬲得不能睡觉。在睡眠的时候，父亲本有命令，不许说话；所以孩子只得默听着，不敢发出什么声音。

乐声远了，在近处的杂响中，最激刺孩子的，就是从父亲那里发出来的啜泣声。在孩子的思想里，大人是不会哭的。所以他很诧异地问："爹爹，你怕黑么？大猫要来咬你么？你哭什么？"他说着就要起来，因为他也怕大猫。

父亲阻止他，说："爹爹今晚上不舒服，没有别的事。不许起来。"

"咦，爹爹明明哭了！我每哭的时候，爹爹说我的声音像河里水声冰潇冰潇地响；现在爹爹的声音也和那个一样。呀，爹爹，别哭了。爹爹一哭，教宝璜怎能睡觉呢？"

孩子越说越多，弄得父亲的心绪更乱。他不能用什么话来对付孩子，只说："璜儿，我不是说过，在睡觉时不许说话么？你再说时，爹爹就不疼你了。好好地睡吧。"

孩子只复说一句："爹爹要哭，教人怎样睡得着呢？"以后他就静默了。

这晚上的催眠歌，就是父亲的抽噎声。不久，孩子也因着这声就发出微细的鼾息，屋里只有些杂响伴着父亲发出哀音。

七宝池上的乡思

弥陀说："极乐世界的池上，

何来凄切的泣声？

迦陵频迦，你下去看看

是谁这样猖狂。"

于是迦陵频迦鼓着翅膀，

飞到池边一棵宝树上，

还歇在那里，引颈下望：

"咦，佛子，你岂忘了这里是天堂？

你岂不爱这里的宝林成行？

树上的花花相对，

叶叶相当？

你岂不闻这里有等等妙音充耳；

岂不见这里有等等庄严宝相？

住这样具足的乐土，

为何尽自悲伤？"

坐在宝莲上的少妇还自啜泣，合掌回答说：

"大士，这里是你的家乡，

在你，当然不觉得有何等苦况。

我的故土是在人间，

怎能教我不哭着想？

"我要来的时候，

我全身都冷却了；

但我的夫君，还用他温暖的手将我搂抱；

用他融溶的泪滴在我额头。

"我要来的时候，

我全身都挺直了；

但我的夫君，还把我的四肢来回曲挠。

"我要来的时候，

我全身的颜色，已变得直如死灰；

但我的夫君还用指头压我的两颊，

看看从前的粉红色能否复回。

"现在我整天坐在这里，

不时听见他的悲啼。

唉，我额上的泪痕，

我臂上的暖气，

我脸上的颜色，

我全身的关节，

都因着我夫君的声音，

烧起来，溶起来了！

我指望来这里享受快乐，

现在反憔悴了！

"呀，我要回去，

我要回去。

我要回去止住他的悲啼。

我巴不得现在就回去止住他的悲啼。"

迦陵频迦说：

"你且静一静，

我为你吹起天笙，

把你心中愁闷的垒块平一平；

且化你耳边的悲啼为欢声。

你且静一静，

我为你吹这天笙。"

"你的声不能变为爱的喷泉，

不能灭我身上一切爱痕的烈焰；

也不能变为无底深渊，

使他将一切情愫投入里头，

不再将人惦念。

我还得回去和他相见，

去解他的眷恋。"

"呵，你这样有情，

谁还能对你劝说

向你拦禁？

回去吧，须记得就是轮回因。"

弥陀说："善哉，迦陵！

你乃能为她说这大因缘！

纵然碎世界为微尘，

这微尘中也住着无量有情。

所以世界不尽，有情不尽；

有情不尽，轮回不尽；

轮回不尽，济度不尽；

济度不尽，乐土乃能显现不尽。"

话说完，莲瓣渐把少妇裹起来，再合成一朵菡萏低垂着。微风一吹，他荏弱得支持不住，便堕入池里。

迦陵频迦好像记不得这事，在那花花相对、叶叶相当的林中，向着别的有情歌唱去了。

上景山

无论哪一季，登景山，最合宜的时间是在清早或下午三点以后。晴天，眼界可以望到天涯的朦胧处；雨天，可以赏雨脚的长度和电光的迅射；雪天，可以令人咀嚼着无色界的滋味。

在万春亭上坐着，定神看北上门后的马路（从前路在门前，如今路在门后），尽是行人和车马，路边的梓树都已掉了叶子。不错，已经立冬了，今年天气可有点怪，到现在还没冻冰。多谢芰荷的业主把残茎都去掉，教我们能看见紫禁城外护城河的水光还在闪烁着。

神武门上是关闭得严严地。最讨厌是楼前那枝很长的旗杆，侮辱了全个建筑的庄严。门楼两旁树它一对，不成吗？禁城上时时有人在走着，恐怕都是外国的旅人。

皇宫一所一所排列着非常整齐。怎么一个那么不讲纪律的民族，会建筑这么严整的宫廷？我对着一片黄瓦这样想着。不，说不讲纪律未免有点过火，我们可以说这民族是把旧的纪律忘掉，正在找一个新的咧。新的找不着，终久还要回来的。北京房子，皇宫也算在里头，主要的建筑都是向南的，谁也没有这样强迫过建筑者，说非这样修不可。但纪律因为利益所在，在不言中被遵守了。夏天受着解愠的熏风，冬天接着可爱的暖日，只要守着盖房子的法则，这利益是不用争而自来的。所以我们要问，在我们的政治社会里有这样的熏风和暖日吗？

最初在崖壁上写大字铭功的是强盗的老师，我眼睛看着神武门上的几个大字，心里想着李斯。皇帝也是强盗的一种，是个白痴强盗。他抢了天下，把自己监禁在宫中，把一切宝物聚在身边，以为他是富有天下。这样一代过一代，到头来还是被他的糊涂奴仆，或贪婪臣宰，讨、瞒、偷、换，到连性命也不定保得住。这岂不是个白痴强盗？在白痴强盗之下才会产出大盗和小偷来。一个小偷，多少总要有一点跳女墙钻狗洞的本领，有他的禁忌，有他的信仰和道德。大盗只会利用他的奴性去请托攀缘，自赞赞他，禁忌固然没有，道德更不必提。谁也不能不承认盗贼是寄生人类的一种，但最可杀的是那班为大盗之一的斯文贼。他们不像小偷为延命去营鼠雀的生活；也不像一般的大盗，凭着自己的勇敢去抢天下。所以明火打劫的强盗最恨的是斯文贼。这里我又联想到张献忠。有一次他开科取士，檄诸州举贡生员，后至者妻女充院，本犯剥皮，有司教官斩，连坐十家。诸生到时，他要他们在一丈见方的大黄旗上写个帅字，字画要像斗的粗大，还要一笔写成。一个生员王志道缚草为笔，用大缸贮墨汁将草笔泡在缸里，三天，再取出来写。果然一笔写成了。他以为可以讨献忠的喜欢，谁知献忠说，"他日图我必定是你。"立即把他杀来祭旗。献忠对待念书人是多么痛快。他知道他们是寄生的寄生。他的使命是来杀他们。

东城西城的天空中，时见一群一群旋飞的鸽子。除去打麻雀，逛窑子，上酒楼以外，这也是一种古典的娱乐。这种娱乐也来得群众化一点。它能在空中发出和悦的响声，翩翩地飞绕着，教人觉得在一个灰白色的冷天，满天乱飞乱叫的老鸹的讨厌。然而在刮大风的时候，若是你有勇气上景山的最高处，看看天安门楼屋脊上的鸦群，噪叫的声音是听不见，它们随风飞扬，直像从什么大树飘下来的败叶，凌乱得有意思。

万春亭周围被挖得东一沟，西一窟。据说是管宫的当局挖来试看煤山是不是个大煤堆，像历来的传说所传的，我心里暗笑信这传说的人们。是不是因为北宋亡国的时候，都人在城被围时，拆毁艮岳的建筑木材去充柴火，所以计划建筑北京的人预先堆起一大堆煤，万一都城被围的时，人民可以不拆宫殿。这是笨想头。若是我来计划，最好来一个米山。米在万急的时候，也可以生吃，煤可无论如何吃不得。又有人说景山是太行的最终一峰。这也是瞎说。从西山往东几十里平原，可怎么不偏不颇，在北京城当中出了一座景山？若说北京的建设就是对着景山的子午，为什么不对北海的琼岛？我想景山明是开紫禁城外的护城河所积的土，琼岛也是垒积从北海挖出来的土而成的。

从亭后的栝树缝里远远看见鼓楼。地安门前后的大街，人马默默地走，城市的喧嚣声，一点也听不见。鼓楼是不让正阳门那样雄壮地挺着。它的名字，改了又改，一会儿是明耻楼，一会儿又是齐政楼，现在大概又是明耻楼吧。明耻不难，雪耻得努力。只怕市民能明白那耻的还不多，想来是多么可怜。记得前几年"三民主义""帝国主义"这套名词随着北伐军到北平的时候，市民看些篆字标语，好像都明白各人蒙着无上的耻辱，而这耻辱是由于帝国主义的压迫。所以大家也随声附和，唱着打倒和推翻。

从山上下来，崇祯殉国的地方依然是那棵半死的槐树。据说树上原有一条链子锁着，庚子联军入京以后就不见了。现在那枯槁的部分，还有一个大洞，当时的链痕还隐约可以看见。义和团运动的结果，从解放这棵树发展到解放这民族。这是一件多么可以发人深思的对象呢？山后的柏树发出幽恬的香气，好像是对于这地方的永远供物。

寿皇殿锁闭得严严的，因为谁也不愿意努尔哈赤的种类再做白痴的梦。每年的祭祀不举行了，庄严的神乐再也不能听见，只有从乡间进城来唱秧歌的孩子们，在墙外打的锣鼓，有时还可以送到殿前。

到景山门，回头仰望顶上方才所坐的地方，人都下来了。树上几只很面熟却不认得的鸟在叫着。亭里残破的古佛还坐着结那没人能懂的手印。

忆卢沟桥

记得离北平以前，最后到卢沟桥，是在二十二年的春天。我与同事刘兆蕙先生在一个清早由广安门顺着大道步行，经过大井村，已是十点多钟。参拜了义井庵的千手观音，就在大悲阁外少憩。那菩萨像有三丈多高，是金铜铸成的，体相还好，不过屋宇倾颓，香烟零落，也许是因为求愿的人们发生了求财赔本求子丧妻的事情吧。这次的出游本是为访求另一尊铜佛而来的。我听见从宛平城来的人告诉我那城附近有所古庙塌了，其中许多金铜佛像，年代都是很古的。为知识上的兴趣，不得不去采访一下。大井村的千手观音是有著录的，所以也顺便去看看。

出大井村，在官道上，巍然立着一座牌坊，是乾隆四十年建的。坊东面额书"经环同轨"，西面是"荡平归极"。建坊的原意不得而知，将来能够用来做凯旋门那就最合宜不过了。

春天的燕郊，若没有大风，就很可以使人流连。树干上或土墙边蜗牛在画着银色的涎路。它们慢慢移动，像不知道它们的小介壳以外还有什么宇宙似的。柳塘边的雏鸭披着淡黄色的毵毛，映着嫩绿的新叶；游泳时，微波随蹼翻起，泛成一弯一弯动着的曲纹，这都是生趣的示现。走乏了，且在路边的墓园少住一回。

刘先生站在一座很美丽的窣堵波①上，要我给他拍照。在榆树荫覆之下，我们没感到路上太阳的酷烈。寂静的墓园里，虽没有什么名花、野卉倒也长得顶得意的。忙碌的蜜蜂，两只小腿粘着些少花粉，还在采集着。蚂蚁力争一条烂残的蚱蜢腿，在枯藤的根上争斗着。落网的小蝶，一片翅膀已失掉效用，还在挣扎着。这也是生趣的示现，不过意味有点不同罢了。

闲谈着，已见日丽中天，前面宛平城也在域之内了。宛平城在卢沟桥北，建于明崇祯十年，名叫"拱北城"，周围不及二里，只有两个城门，北门是顺治门，南门是永昌门。清改

①印度佛塔的一种形式。

拱北为拱极，永昌门为威严门。南门外便是卢沟桥。拱北城本
来不是县城，前几年因为北平改市，县衙才移到那里去，所以
规模极其简陋。从前它是个卫城，有武官常驻镇守着，一直到
现在，还是一个很重要的军事地点。我们随着骆驼队进了顺治
门，在前面不远，便见了永昌门。大街一条，两边多是荒地。
我们到预定的地点去探访，果见一个庞大的铜佛头和些铜像残
体横陈在县立学校里的地上。拱北城内原有观音庵与兴隆寺，
兴隆寺内还有许多已无可考的广慈寺的遗物，那些铜像究竟
是属于哪寺的也无从知道。我们摩挲了一回，才到卢沟桥头
的一家饭店午膳。

　　自从宛平县署移到拱北城，卢沟桥便成为县城的繁要街
市。桥北的商店民居很多，还保存着从前中原数省入京孔道
的规模。桥上的碑亭虽然朽坏，还矗立着。自从历年的内战，
卢沟桥更成为戎马往来的要冲，加上长辛店战役的印象，使
附近的居民都知道近代战争的大概情形，连小孩也知道飞机、
大炮、机关枪都是做什么用的。到处墙上虽然有标语贴着的痕
迹，而在色与量上可不能与卖药的广告相比。推开窗户，看
着永定河的浊水穿过疏林，向东南流去，想起陈高的诗："卢
沟桥西车马多，山头白日照清波。毡卢亦有江南妇，愁听金
人出塞歌。"清波不见，浑水成潮，是记述与事实的相差，抑

昔日与今时的不同，就不得而知了。但想象当日桥下雅集亭的风景，以及金人所掠江南妇女。经过此地的情形，感慨便不能不触发了。

从卢沟桥上经过的可悲可恨可歌可泣的事迹，岂止被金人所掠的江南妇女那一件？可惜桥栏上蹲着的石狮子个个只会张牙裂眦结舌无言，以致许多可以稍留印迹的史实，若不随蹄尘飞散，也教轮辐压碎了。我又想着天下最有功德的是桥梁。它把天然的阻隔联络起来。它从这岸渡引人们到那岸。在桥上走过的是好是歹，于它本来无关，何况在上面走的不过是长途中的一小段，它哪能知道何者是可悲可恨可泣呢？它不必记历史，反而是历史记着它。卢沟桥本名广利桥，是金大定二十七年始建，至明昌二年（公元一一八九至一一九二）修成的。它拥有世界的声名是因为曾入马哥博罗的记述。马哥博罗记作"普利桑干"，而欧洲人都称它作"马哥博罗桥"，倒失掉记者赞叹桑干河上一道大桥的原意了。中国人是擅于修造石桥的，在建筑上只有桥与塔可以保留得较为长久。中国的大石桥每能使人叹为鬼役神工，卢沟桥的伟大与那有名的泉州洛阳桥和漳州虎渡桥有点不同。论工程，它没有这两道桥的宏伟，然而在史迹上，它是多次系着民族安危。纵使你把桥拆掉，卢沟桥的神影是永不会被中国人忘记的、这个在"七七"事件发生以后，更使人觉得是如此。当时我只想着日军许会从古北口入北平，由北平越过这道名桥侵入中原，决想不到火头就会在我那时所站的地方发出来。

在饭店里，随便吃些烧饼，就出来，在桥上张望。铁路桥在远处平行地架着。驮煤的骆驼队随着铃铛的音节整齐地在桥上迈步。小商人与农民在雕栏下作交易上很有礼貌地计较。妇女们在桥下浣衣，乐融融地交谈。人们虽不理会国势的严重，可是从军队里宣传员口里也知道强敌已在门口。我们本不为做间谍去的，因为在桥上向路人多问了些话，便教警官注意起来，我们也自好笑。我是为当事官吏的注意而高兴，觉得他们时刻在提防着，警备着。过了桥，便望见实柘山，苍翠的山色，指示着日斜多了几度，在砾原上流连片时，暂觉晚风拂衣，若不回转，就得住店了。"卢沟晓月"是有名的。为领略这美景，到店里住一宿，本来也值得，不过我对于晓风残月一类的景物素来不大喜爱，我爱月在黑夜里所显的光明。晓月只有垂死的光，想来是很凄凉的，还是回家吧。

我们不从原路去，就在拱北城外分道。刘先生沿着旧河床，向北回海淀去。我捡了几块石头，向着八里庄那条路走。进到阜成门，望见北海的白塔已经成为一个剪影贴在洒银的暗蓝纸上。

先农坛

曾经一度繁华过的香厂，现在剩下些破烂不堪的房子，偶尔经过，只见大兵们在广场上练国技。望南再走，排地摊的犹如往日，只是好东西越来越少，到处都看见外国来的空酒瓶，香水樽，胭脂盒，乃至簇新的东洋瓷器，估衣摊上的不入时的衣服，"一块八""两块四"叫卖的伙计连翻带地兜揽，买主没有，看主却是很多。

在一条凹凸得格别的马路上走，不觉进了先农坛的地界。从前在坛里唯一新建筑，"四面钟"，如今只剩一座空洞的高台，四围的柏树早已变成富人们的棺材或家私了。东边一座礼拜寺是新的。球场上还有人在那里练习。绵羊三五群，遍地披着枯黄的草根。风稍微一动，尘土便随着飞起，可惜颜色太坏，若是雪白或朱红，岂不是很好的国货化妆材料？

到坛北门，照例买票进去。古柏依旧，茶座全空。大兵们住在大殿里，很好看的门窗，都被拆作柴火烧了。希望北平市游览区划定以后，可以有一笔大款来修理。北平的旧建筑，渐次少了，房主不断地卖折货。像最近的定王府，原是明朝胡大海的府邸，论起建筑的年代足有五百多年。假若政府有心保存北平古物，绝不至于让市民随意拆毁。拆一间是少一间。现在坛里，大兵拆起公有建筑来了。爱国得先从爱惜公共的产业做起，得先从爱惜历史的陈迹做起。

观耕台上坐着一男一女，正在密谈，心情的热真能抵御环境的冷。桃树柳树都脱掉叶衣，做三冬的长眠，风摇鸟唤，都不听见。雩坛边的鹿，伶俐的眼睛瞭望着过路的人。游客本来有三两个，它们见了格外相亲。在那么空旷的园圃，本不必栏着它们，只要四围开上七八尺深的沟，斜削沟的里壁，使当中成一个圆丘，鹿放在当中，虽没遮栏也跳不上来。这样，园景必定优美得多。星云坛比岳渎坛更破烂不堪。干蒿败艾，满布在砖缝瓦罅之间，拂人衣裾，便发出一种清越的香味。老松在夕阳底下默然站着。人说它像盘旋的虬龙，我说它像开屏的孔雀，一颗一颗的松球，衬着暗绿的针叶，远望着更像得很。松是中国人的理想性格，画家没有不喜欢画它。孔子说它后凋还是屈了它，应当说它不凋才对。英国人对于橡树的情感就和中国对于松树的一样。中国人爱松并不尽是因为它长寿，乃是因它当飘风飞雪的时节能够站得住，生机不断，可发荣的时间一到，便又青绿起来。人对着松树是不会失望的，它能给人一种兴奋，虽然树上留着许多枯枝丫，看来越发增加它的壮美。就是枯死，也不像别的树木等闲地倒下来。千年百年是那么立着，藤萝缠它，薜荔粘它，都不怕，反而使它更优越更秀丽，古人说松籁好听得像龙吟。龙吟我们没有听过，可是它所发出的逸韵，真能使人忘掉名利，动出尘的想头。可是要记得这样的声音，绝不是一寸一尺的小松所能发出，非要经得百千年的磨炼，受过风霜或者吃过斧斤的亏，能够立得定以后，是做不到的。所以当年壮的时候，应学松柏的抵抗力，忍耐力，和增进力；到年衰的时候，也不妨送出清越的籁。

对着松树坐了半天。金黄色的霞光已经收了。不免离开雩坛直出大门。门外前几年挖的战壕，还没填满。羊群领着我向着归路。道边放着一担菊花，卖花人站在一家门口与那淡妆的女郎讲价，不提防担里的黄花教羊吃了几棵。那人索性将两棵带泥丸的菊花向羊群猛掷过去，口里骂"你等死的羊孙子！"，可也没奈何。吃剩的花散布在道上，也教车轮碾碎了。

"七七"感言

欧洲有些自然科学家，以为战争是大自然的镰刀，用来修削人类中的枯枝败叶的。我不知道这话的真实程度有多高，我所知的是在人类还未达到"真人类"的阶段，战争是不能避免的。这所谓"真人类"，并非古生物学的，而是文化的。文化的真人是与物无贪求，于人无争持的。因为生物的人还没进化到文化的人，所以他的行为，有时还离不开畜道。在畜道上才有战争，在人道与畜道相遇时也有战争。畜生们为争一只腐鼠，也可以互相残啮到膏滴血流，同样地，它们也可以侵犯人。它们是不可以理喻的。在人道的立脚点上说，凡用非理的暴力来侵害他人的，如理论道绝的期候，当以暴力去制止它，使畜道不能在光天化日之下猖獗起来。

说了一大套好像不着边际的话，作者到底是何所感而言呢！他觉得许多动物虽名为人，而具有牛头马面狼心狗肺的太多，严格说起来还不能算是人，因此联想到畜道在人间的传染。童话里的"熊人""虎姑""狐狸精"，不过是"畜人"。至于"人狼""人狗""人猫""人马"，这简直是"人畜"。这两周年的御日工作也许会成将来很好的童话资料。我们理会暴日虽戴着"王道"的面具，在表演时却具足了畜道的特征。我们不可不知在我们中间也有许多堕在畜道上。此中最多的是"狗"和"猫"。我们中间的"人狗""人猫"，最可恶的有吠家狗与引盗狗，饕餮猫与懒惰猫。两年间的御日工作可以说对得人住，对得祖宗天地住。但是对于打狗轰猫这种清理家内的工作却令人有点不满意。

在御日工作吃紧的期间，忽然从最神圣的中枢里发出类乎向日乞怜的猪声，或不站在自己的岗位，而去指东摘西的，是吠家狗。甘心引狼入宅，吞噬家人的是引盗狗。我们若看见海港里运来一切御日时期所不需的货物，尤其是从"××船"来的，与大批的原料运到东洋大海去，便知道那是不顾群众利益，只求个人富裕的饕餮猫的所行。用公款做投机事业，对于国家购入的品物抽取回扣，或以劣替优，以贱充贵，也是饕餮猫的行径。具有特殊才干，在国家需要他的时候，却闭着眼，抚着耳，远远地躲在安全地带，那就是懒惰猫。这些人狗、人猫，多如牛毛，我们若不把它们除掉，就不能脱离畜道在家里横行，虽有英勇的国士在疆场上与狼奋斗着，也不能令人不起功微事繁的感想。所以我们要加紧做打狗轰猫的工作。

又有些人以为民众知识缺乏，所以很容易变成迷途的羔羊，而为猫狗甚至为狼所利用。可是知识是不能绝对克服意志的，我们所怕的是意志薄弱易陷于悲观的迷途的牧者。在危难期间，没有迷途的羔羊，有的是迷途的牧者。我的意思不是鼓励舍弃知识，乃是要指出意志要放在知识之上，无论成败如何，当以正义的扶持为准绳，以人道的出现为极则。人人应成为超越的男女，而非卑劣的羔羊。人人在力量上能自救，在知识上能自存，在意志上能自决，然后配称为轩辕的子孙。这样我们还得做许多积极工作。一方面要摧毁败群的猫狗，一方面要扶植有为的男女，使他们成为优越的人类。非得如此，不能自卫，也不能救人；不配自卫，也不配救人。所以此后我们一部分的精神应贯注在整理内部，使我们的威力更加充实。那么，即使那些比狼百倍厉害的野兽来侵犯我们，我们也可以应付得来。为人道努力的人们，我们应当在各方面加紧工作，才不辜负两年来为这共同理想而牺牲的将士和民众。

一封公开的信

中国晚报主笔先生及张春风先生：

八月一日贵报登出《出卖肉麻》一文，讥评×××女士造像义展，眼光卓越，佩服之至。这篇"启文"，我始终未读过，因为我曾签名赞成此事，所以一读张先生大文之后便希望原作者能够再向大众申明一下，可惜等了这许多天毫无动静，不得已得向二位先生说明几句。

我现在把签名的经过与我对于这事的意见叙述一番，如有不对之处，还求指教。

一个月前，在全国文艺界抗战协会留港会员开会的一个晚上，会员们约了些漫画家，音乐家，电影家来凑热闹，×××

女士当晚也被邀到会唱歌，同时有一二位会员拿出一个卷子请在座诸君赞助×××女士造像义展会。据说是她要将自己的各种照片展览出卖，以所得款项献给国家，特要我做赞助人。我当时觉得义不容辞，便签了名，可没看见有"怀江山而及丽质，睹香草而思美人"那篇文章。若是见了当然也是不合我的脾胃，我必会建议修改的。

我很喜欢张先生指出传统的滥调，如江山，丽质，香草，美人一类的词句，是肉麻的。这个证明作者写不出所要办的事情的真意，反而引起许多恶劣的反感。但在作者未必是有意说肉麻的话，他或者只知道那是用来描写美人的最好成语。所以修辞不得法，滥用典故成语，常会吃这样的亏。

不过我以为文章拙劣，当与所要办的事分开来看。张先生讥评那篇启文是可以的，至于斥造像义展为不然。我却有一点不同的意见。此地我要声明我并不是捧什么伶人，颂什么女优。此女士也是当晚才见过的，根本上不能说有什么交情，也没想要得着捧颂的便宜。我的意见与张先生不同之处，如下所述。

唱戏，演电影，像我们当教员当主笔的一样，也是正当的职业。我一向是信从职业平等的。我对于执任何事业的都相当地尊重他们。看优伶为贱民，为身家不清白，正是封建意识的表现。须知今日所谓身家不清白，所谓贱，乃是那班贪官污吏，棍徒赌鬼，而非倡优隶卒之流。如果一个伶人为国家民族愿意做他所能做的，我们便当赋同情于他。捧与颂只在人怎样看，并不是人人都存着这样的心。在张先生的大文里以为替伤兵缝棉衣，在国破家亡的时候，是每个男女国民所当负的责任，试问我国有多少男女真正负过这类或相等的责任？现在在中国的夫人小姐们不如倡优之处很多，想张先生也同我一样看得到。塘西歌姬的义唱，净利全数献给国家。某某妇女团体组织义演，入款万余元，食用报销掉好几千！某某文化团体"七七"卖花，至今账目吐不出来。这些事，想张先生也知道吧。我们不能轻看优伶，他们简单的情感，虽然附着多少虚荣心，却能干出值得人们注意的事。

一个演电影的女优，她的色是否与她的艺一样重要？（依我的标准，×××女士并不美。此地只是泛说。）若是我们承认这个前提，那么"色相"于她，当等于学识于我们，一样是职业上的一种重要的工具，能显出所期的作用的。假如我们义卖文章，使国家得到实益，当然不妨做做。同样地，申论下去，一个女优义卖她的照片，只要有人买，她得到干净的钱来献给国家，我们便不能说她与抗战和民族国家无关，更不能说会令人肉麻。如果我们还没看见她要展卖的都是什

么，便断定是"肉麻"，那就是侮辱她的人格，也侮辱了她的
职业。

×××女士的"造像"我一幅也没见过，据说是她的戏装
和电影剧装居多。我想总不会有什么肉麻的裸体像。纵然会有，
也未必能引青年去"看像手淫"。张先生若是这样想，就未免太
看不起近代的青年了。色欲重的人就是没有像××××××，
对着任何人的像，甚至于神圣的观音菩萨，也可以手淫的。张
先生你说对不对？她卖"造像"×××××××××，人们的亵
行与可能的诱惑，与她所卖的照片并没关系。当知她卖自己
的造像是手段，得钱献给国家是目的。假如一个女人或男人
生得貌美而可以用本人的照片去换钱的话，只要有人要，未
尝不可作为义展的理由。我们只能羡慕他或她得天独厚，多
一道生利之门罢了。某人某人的造像卖给人做商标，卖给人
做小囡模型，租给人做画稿，做雕刻模型，种种等等，在现
代的国家里并没人看这些是肉麻或下贱无耻。

捧戏子，颂女优，如果意识是不干净的，当然是无聊文人
的丑迹。但如彼优彼伶所期望办理的事是值得赞助的话，我们
便当尊重他们，看他们和我们一样是有人格的，不能以其为优
伶，便侮辱他们。我们当存君子之心，莫动小人之念，才不会
失掉我们所批评的话的价值。我以为对于他人所要做的事情，

如见其不可，批评是应该有的，不过要想到在这缺乏判断力的群众中间，措辞不当，就很容易发生一犬吠影百犬吠声的事，于其他的事业，或者也会得到不良的影响。

谢谢二位先生费神读这封长信。我并不是为做启文的人辩护，只是对于以卖自己的照片为无耻的意思提出一点私见来。先生们若是高兴指教的话，我愿意就这事的本身，再作更详尽的客观的讨论。

许地山谨白

1946 年 11 月

今天

陈眉公先生曾说过："天地有一大账簿：古史，旧账簿也；今史，新账簿也。"他的历史账簿观，我觉得很有见解。记账的目的不但是为审察过去的盈亏来指示将来的行止，并且要清理未了的账。在我们的"新账簿"里头，被核的账实在是太多了。血账是页页都有，而最大的一笔是从三年前的七月七日起到现在被掠去的生命，财产，土地，难以计算。我们要擦掉这笔账还得用血，用铁，用坚定的意志来抗战到底。要达到这目的，不能不仗着我们的"经理们"与他们手下的伙计的坚定意志，超越智慧，与我们股东的充足的知识、技术和等等的物质供给。再进一步，当要把各部分的机构组织到更严密，更有高度的效率。

"文官不爱钱，武将不惜死"的名言是我们听熟了的。自军兴以来，我们的武士已经表现出他们不惜生命以卫国的大牺牲与大忠勇的精神。但我们文官的中间，尤其是掌理财政的一部分人，还不能全然走到"不爱钱"的阶段，甚至有不爱国币而爱美金的。这个，许多人以为是政治还不上轨道的现象，但我们仍要认清这是许多官人的道德败坏，学问低劣，临事苟办，临财苟取的结果。要擦掉这笔"七七"的血账，非得把这样的坏伙计先行革降不可。不但如此，在这抵抗侵略的圣战期间，不爱钱、不惜死之上还要加上勤快和谨慎。我们不但不爱钱，并且要勤快办事；不但不惜死，并且要谨慎作战。那么，日人的凶焰虽然高到万丈，当会到了被扑灭的一天。

在知识与技术的贡献方面，几年来不能说是没有，尤其是在生产的技术方面，我们的科学家已经有了许多发明与发现（请参看卓芬先生的近年生产技术的改进。香港大公报二十九年七月五日特论）。我们希望当局供给他们些安定的实验所和充足的资料，因为物力财力是国家的命脉所寄，没有这些生命素，什么都谈不到。意志力是寄托在理智力上头的，这年头还有许多意志力薄弱的叛徒与国贼民贼的原因，我想就是由于理智的低劣。理智低劣的人，没有科学知识，没有深邃见解，没有清晰理想，所以会颓废，会投机，会生起无须要的悲观。这类的人对于任何事情都用赌博的态度来对付，遍国中这类赌博的人当不在少数。抗战如果胜利，在他们看来，不过是运气好，并非我们的能力争取得来的。这样，哪里成呢？所以我们要消灭这种对于神圣抗战的赌博精神。知识与理想的栽培当然是我们动笔管的人们的本分。有科学知识当然不会迷信占卜扶乩、看相算命一类的事，赌博精神当然就会消灭了。迷信是削弱民族意志力的毒刃，我们从今日起，要立志扫除它。

物质的浪费是削弱民族威力的第二把恶斧。我们都知道我们是用外货的国家，但我们都忽略了怎样减少滥用与浪费的方法。国民的日用饮食，应该以"非不得已不用外物"为宗旨。烟酒脂粉等等消耗，谋国者固然应该设法制止，而在国民个人也须减到最低限度。大家还要做成一种群众意见，使浪费者受着被人鄙弃的不安。这样，我们每天便能在无形中节省了许多有用的物资，来做抗建的用处。

我们很满意在这过去的三年间，我们的精神并没曾被人击毁，反而增加更坚定的信念，以为民治主义的卫护，是我们正在与世界的民主国家共同肩负着的重任。我们的命运固然与欧美的民主国家有密切的联系，但我们的抗建还是我们自己的，稍存依赖的心,也许就会摔到万丈的黑崖底下。破坏秩序者不配说建设新秩序,新秩序是能保卫原有的好秩序者的职责。站在盲的蛮力所建的盟坛上的自封自奉的民主,除掉自己仆下来,盟坛被拆掉以外,没有第二条路可走,因为那盟坛是用不整齐、没秩序和腐败的砖土所砌成的。我们若要注销这笔"七七"的血账,须常联合世界的民主工匠来毁灭这违理背义的盟坛。一方面还要加倍努力于发展能力的各部门,使自己能够达到长期自给、威力累增的地步。

祝自第四个"七七"以后的层叠胜利,希望这笔血账不久会从我们的新账簿擦除掉。

1946 年 11 月

"五七"纪念与人类

"五四"运动纪念的声浪刚刚过去,"五七"国耻纪念的声音又来了。这些纪念都是强权和帝国主义给我们的好礼物,我们应该时时牢记在心里的。

我们对于"五七"这一天切莫做成一种消极的和形式的纪念;也不要专想敌人的不对,因为这样一方面能够陷我们的精神于麻醉的地步,一方面会激动我们残忍、暴躁和复仇的凶德。我们要从积极的和精神的方面来纪念它,那就是,扶助自己的工商业,和鼓舞一般的人为民治的、和平的运动,教等等不合人道的主义在世界上绝迹。

我们常想着各国的国耻都是邦国的,甲国的耻就是乙国的荣，其实这意见是不对的。我想凡属羞耻的纪念都是人类的和世界的。怎样讲呢？我们试看那仗力欺人的恶徒，整天横冲直撞地闯祸，从没有见他所做的事就赞美他会欺凌人、反要怜悯他的兽性犹存，或是以与他同籍为耻，就是那恶徒的良心有时也会不安的。个人在社会上尚且如此，何况邦国呢？这样看来，甲国欺凌乙国不是甲乙二国的荣辱关系，乃是全世界的关系。进一步说，欺凌者的自身也要陷于羞耻的地步，因为今日的国家既要挂"文明"的招牌，自当服从世界的公义的仲裁，断不能再像野蛮的军国时代以诡谋或武力来待遇他国；若是用诡谋或武力来待遇他国，必不配称为文明的国家，所以说欺凌者的自身也不能免掉羞耻。

"五七"的纪念从这里想，就知道我们所受的委屈和羞辱不是我们自己的，不过是在人类共受的羞辱中间，我们多受几分便了。我们不必为这个日子啼哭忧伤。应当把人道在昏睡之中摇醒，叫它起来将一切的耻辱灭掉。我们能够这样做，虽然是蒙羞，还是有福的。我们暂且把一切人类的羞耻负在背上吧！不要忘记了它们是我们的重荷。人类啊！把你们的羞耻暂时负起来，不要忘记了它们是催促世界进化的奋兴剂。

第 五 辑
海 世 间

　　我们的人间只有在想象或淡梦中能够实现罢了。一离了人造的上海社会，心里便想到此后我们要脱离等等社会律的桎梏，来享受那乐行忧违的潜龙生活。谁知道一上船，那人造人间所存的受、想、行、识，都跟着我们入了这自然的海洋！

谈《菜根谭》

大公晚报近日连刊一部旧书名叫《菜根谭》。这部书对于个人的修养上很有益处。在十四岁的时候，我第一次读它，到现在还有好些教训盘踞在心中。我最初读的是一部日本人著的《菜根谭通解》，当时虽不全看得懂，却也了解了不少。

这书是明朝万历年间的洪应明所著的。应明字自诚，号还初道人，家世事业，无传可稽。他的著作现存的有《仙佛奇踪》四卷和《菜根谭》二卷。《仙佛奇踪》《四库全书》收入小说家类，前二卷记仙事，后二卷记佛事，可知作者是个精研佛道的人。这书与《菜根谭》一卷同被收入民国十六年涉园排归的《喜咏轩丛书》戊编里。《菜根谭》的刊本很多，内容也有增减。道光十三年北京红螺山资福寺翻刻乾隆三十三年岫云寺本，名《重刻增订菜根谭》分为五篇：修省四十二章，应酬五十八章，评议五十二章，"闲适"五十章，"概论"二百零三章，共四百零五章。光绪二年刊本分为前后集二卷，前集说处世要诀，二百四十章，后集示守静修德的要谛，一百三十四章。全书共三百五十八章。各刊本的章数颇有加减，我所见最多的是岫云寺本。

《菜根谭》的命名是取宋汪革所说"能咬得菜根断，则百事可做"的语意。全书咀嚼儒释道三教的要旨，教人以处世与自处的方法。论它的性质是格言；论它的谈吐是从晋代的清谈演变出来的。自诚能把三教教理融溶在一起，读起来感觉得作者的文章的超脱而有风韵。全书用押韵与对类写成，词句的秀丽，意义的幽奥。真可以令人一诵一击节，一读一深思。不过里头有些是消极的格言与闲人的哲学，很不适于向上思想的。"评议"第二十章："廉官多无后，以其太清也。痴人每多福，以其近厚也。故君子虽重廉介，不可无含垢纳污之雅量，虽戒痴顽，亦不必有察渊洗埃之精明。"应酬第三十八章："'随缘'便是遣缘，似舞蝶与飞花共适。顺事自然无事，若满月偕盂水同圆。""闲适"第二章："世事如棋局，不著的才是高手。人生似瓦盆，打破了方见真空。"第五十章："夜眠八尺，日瞰二升，何须百般计较？书读五车，才分八斗，未闻一日清闲。"诸如此类的文句很多，读过了很易令人发起消极的反感，所以我主张选载比较全刊好些。

论"反新式风花雪月"

"新式风花雪月"是我最近听见的新名词。依杨刚先生的见解是说:"我"字统率下所写的抒情散文,充满了怀乡病的叹息和悲哀,文章的内容不外是故乡的种种,与爸爸,妈妈,爱人,姐姐等。最后是把情绪寄在行云流水和清风明月上头。杨先生要反对这类新型的作品,以为这些都是太空洞,太不着边际,充其量只是风花雪月式的自我娱乐,所以统名之为"新式风花雪月"。这名词如何讲法可由杨先生自己去说,此地不妨拿文艺里的怀乡,个人抒情,堆砌辞藻,无病呻吟等,来讨论一下。

我先要承认我不是文学家,也不是批评家,只把自己率直的见解来说几句外行话，说得不对，还求大家指教。

我以为文艺是讲情感而不是讲办法的。讲办法的是科学，是技术。所以整匹文艺的锦只是从一丝一丝的叹息、怀念、呐喊、愤恨、讥讽等等，组织出来。经验不丰的作者要告诉人他自己的感情与见解，当然要从自己讲起，从故乡出发。故乡也不是一个人的故乡，假如作者真正爱它，他必会不由自主地把它描写出来。作者如能激动读者，使他们想方法怎样去保存那对于故乡的爱，那就算尽了他的任务。杨先生怕的是作者害了乡思病，这固然是应有的远虑。但我要请她放心，因为乡思病也和相思病一样地不容易发作。一说起爱情就害起相思病的男女，那一定是疯人院里的住客。同样地，一说起故乡，什么都是好的，什么都是可恋可爱的，恐怕世间也少有这样的人。他也会不喜欢那只扒满的蝇蚋癞狗，或是隔邻二婶子爱说人闲话的那张嘴，或是住在别处的地主派来收利息的管家吧。在故乡里，他所喜欢的人物有时也会述说尽的。到了说净尽的时候，如果他还要从事于文艺的时候，就不能不去找新的描写对象，他也许会永远不再提起"故乡"，不再提起妈妈姊姊了。不会做文章和没有人生经验的人，他们的世界自然只是自己家里的一厅一室那么狭窄，能够描写故乡的柳丝蝉儿和飞灾横祸的，他们的眼光已是看见了一个稍微大一点的世界了。看来，问题还是在怎样了解故乡的柳丝、蝉儿等等，不一定是值得费工夫去描写，爸爸、妈妈、爱人、姊姊的遭遇也不一定是比别人的遭遇更可叹息，更可悲伤。无病的呻吟固然不对，有病的呻吟也是一样地不应当，永不呻吟的才是最有勇气的。但这不是指着那些麻木没有痛苦感觉的喘气傀儡，因为在他们的头脑里找不出一颗活动的细胞，他们也不会咬着牙龈为弥补境遇上的缺陷而戮力地向前工作。永不呻吟的当是极能忍耐最擅于观察事态的人。他们的笔尖所吐的绝不会和嚼饭来哺人一样恶心，乃如春蚕所吐的锦绣的原料。若是如此，那做成这种原料的柳丝、蝉儿、爸爸、妈妈等，就应当让作者消化在他们的笔尖上头。

其次，关于感情的真伪问题。我以为一个人对于某事有真经验，他对于那事当然会有真感情。未经过战场生活的人，你如要他写炮火是怎样厉害，死伤是何等痛苦，他凭着想象来写，虽然不能写得过真，也许会写得毕肖。这样描写虽没有真经验，却不能说完全没有真感情。所谓文艺本是用描写的手段来引人去理解他们所未经历过的事物，只要读者对作品起了共鸣作用，作者的感情的真伪是不必深究的。实在地说，在文艺上只能论感情的浓淡，不能论感情的真伪，因为伪感情根本就够不上写文艺。感情发表得不得当也可以说虚伪，所以不必是对于风花雪月，就是对于云、光、铁、血，也可以变做虚伪的呐喊。人对于人事的感情每不如对于自然的感情浓厚，因为后者是比较固定比较恒久的。当他说爱某人某事时，他未必是真爱，他未必敢用发誓来保证他能爱到底。可是他一说爱月亮，因为这爱是片面的，永远是片面的，对方永不会与他有何等空间上、时间上、人事上的冲突，因而他的感情也不容易变化或消失。无情的月对着有情的人，月也会变做有情的了。所忌的是他并不爱月亮，偏要说月亮是多么可爱，而没能把月亮的所以可爱的理由说出来，使读者可以在最低限度上佩服他。撒的谎不圆，就会令人起不快的感想，随着也觉得作者的感情是虚伪的。读书，工作、体验、思索，只可以培养作者的感情，却不一定使他写成充满真情的文章，这里头还有人格修养的条件。从前的文人每多"无行"，所以写出来的纵然是真，也不能动人。至于叙述某生和狐狸精的这样那样，善读文艺的人读过之后，忘却的云自然会把它遮盖了的。

其三，关于作风问题。作风是作者在文心上所走的路和他的表现方法。文艺的进行顺序是从神坛走到人间的饭桌上的。最原始的文艺是祭司巫祝们写给神看或念给神听；后来是君王所豢养的文士写来给英雄、统治者或闲人欣赏；最后才是人写给人看。作风每跟着理想中各等级的读者转变方向。青年作家的作品所以会落在"风花雪月"的型范里的缘故，我想是由于他们所用的表现工具——文字与章法——还是给有闲阶级所用的那一套，无怪他们要堆砌辞藻，铺排些在常人饭碗里和饭桌上用不着的材料。他们所写的只希望给生活和经验与他们相同的人们看，而那些人所认识的也只是些中看不中用的辞藻。"到民间去"，"上前线去"，只要带一张嘴，一双手，就够了，现在还谈不到带文房四宝。所以要改变作风，须先把话说明白了，把话的内容与含义使人了解才能够达到目的。会说明白话的人自然擅于认识现实，而具有开条新路让人走的可能力量。话说得不明白才会用到堆砌辞藻的方法，使人在五里雾中看神仙，越模糊越秘密。这还是士大夫意识的遗留，是应当摒除的。

1946 年 11 月

牛津的书虫

牛津实在是学者的学国，我在此地两年的生活尽用于波德林图书馆，印度学院，阿克关屋（社会人类学讲室），及曼斯斐尔学院中，竟不觉归期已近。

同学们每叫我做"书虫"，定蜀尝鄙夷他说我于每谈论中，不上三句话，便要引经据典，"真正死路"！刘错说："你成日读书，睇读死你嗦呀！"书虫诚然是无用的东西，但读书读到死，是我所乐为。假使我的财力、事业能够容允我，我诚愿在牛津做一辈子的书虫。

我在幼时已决心为书虫生活。自破笔受业直到如今，二十五年间未尝变志。但是要做书虫，在现在的世界本不容易。须要具足五个条件才可以。五件者：第一要身体康健；第二要家道丰裕；第三要事业清闲；第四要志趣淡薄；第五要宿慧超越。我于此五件，一无所有！故我以十年之功只当他人一夕之业。于诸学问、途径还未看得清楚，何敢希望登堂入室？但我并不因我的资质与境遇而灰心，我还是抱着读得一日便得一日之益的心志。

为学有三条路向：一是深思，二是多闻，三是能干。第一途是做成思想家的路向；第二是学者；第三是事业家。这三种人同是为学，而其对于同一对象的理解则不一致。譬如有人在居庸关下偶然捡起一块石头，一个思想家要想它怎样会在那里，怎样被人捡起来，和它的存在的意义。若是一个地质学者，他对于那石头便从地质方面源源本本地说。若是一个历史学者，他便要探求那石与过去史实有无的关系。若是一个事业家，他只想着要怎样利用石而已。三途之中，以多闻为本。我邦先贤教人以"博闻强记"，及教人"不学而好思，虽知不广"的话，真可谓能得为学的正谊。但在现在的世界，能专一途的很少。因为生活上等等的压迫，及种种知识上的需要，使人难为纯粹的思想家或事业家。假使苏格拉底生于今日的希腊，他难免也要写几篇关于近东问题的论文投到报馆里去卖几个钱。他也得懂得一点汽车、无线电的使用方法。

也许他会把钱财存在银行里。这并不是因为"人心不古",乃是因为人事不古。近代人需要等等知识为生活的资助,大势所趋,必不能在短期间产生纯粹的或深邃的专家。故为学要先多能,然后专政,庶几可以自存,可以有所贡献。吾人生于今日,对于学问。专既难能,博又不易,所以应于上列"三途"中至少要兼"二程"。

兼多闻与深思者为文学家。兼多闻与能干的为科学家。就是说一个人具有学者与思想家的才能,便是文学家;具有学者与专业家的功能的,便是科学家。文学家与科学家同要具学者的资格所不同者,一是偏于理解,一是偏于作用,一是修文,一是格物(自然我所用科学家与文学家的名字是广义的)。进一步说,舍多闻既不能有深思,亦不能生能干,所以多闻是为学根本。多闻多见为学者应有的事情,如人能够做到,才算得过着书虫的生活。当彷徨于学问的歧途时,若不能早自决断该向哪一条路走去,他的学业必致如荒漠的砂粒,既不能长育生灵,又不堪制作器用。即使他能下笔千言,必无一字可取。纵使他能临事多谋,必无一策能成。我邦学者,每不擅于过书虫生活,在歧途上既不能慎自抉择,复不虚心求教;过得去时,便充名士;过不去时,就变劣绅,所以我觉得留学而学普通知识,是一个民族最羞耻的事情。

　　我每觉得我们中间真正的书虫太少了。这是因为我们当学生的多半穷乏，急于谋生，不能具足上说五种求学条件所致。从前生活简单，旧式书院未变学堂的时代，还可以希望从领膏火费的生员中造成一二。至于今日的官费生或公费生，多半是虚掷时间和金钱的。这样的光景在留学界中更为显然。

　　牛津的书虫很多，各人都能利用他的机会去钻研，对于有学无财的人，各学院尽予津贴，未卒业者为"津贴生"，已卒业者为"特待校友"，特待校友中有一辈以读书为职业的。要有这样的待遇，然后可产出高等学者。在今日的中国要靠著作度日是绝对不可能的。因社会程度过低，还养不起著作家。……所以著作家的生活与地位在他国是了不得，在我国是不得了！著作家还养不起，何况能养在大学里以读书为生的书虫？这也许就是中国的"知识阶级"不打而自倒的原因。

读《芝兰与茉莉》因而想及我的祖母

正要到哥伦比亚的检讨室里校阅梵籍，和过去的和尚争虚实，经过我的邮筒，明知每次都是空开的，还要带着希望姑且开来看看。这次可得着一卷东西，知道不是一分钟可以念完的。遂插在口袋里，带到检讨室去。

我正研究唐代佛教在西域衰灭的原因，翻起史太因在和阗所得的唐代文契，一读马令痣同母党二娘向护国寺僧虎英借钱的私契，妇人许十四典首饰契，失名人的典婢契等等，虽很有趣，但掩卷一想，恨当时的和尚只会营利，不顾转法轮，无怪回纥一入，便尔扫灭无余。

为释迦文担忧，本是大愚，曾不知成、住、坏、空，是一切法性？不看了，掏出口袋里的邮件，看看是什么吧。

《芝兰与茉莉》，这名字很香呀！我把纸笔都放在一边，一气地读了半天工夫——从头至尾，一句一字细细地读。这自然比看唐代死和尚的文契有趣。读后的余韵，常绕缭于我心中，像这样的文艺很合我情绪的胃口似的。

读中国的文艺和读中国的绘画一样。试拿山水——西洋画家叫做"风景画"——来做个例：我们打稿（Composition）是鸟瞰的、纵的，所以从近处的溪桥，而山前的村落，而山后的帆影，而远地的云山；西洋风景画是水平的、横的，除水平线上下左右之外，理会不出幽深的、绵远的兴致。所以中国画宜于纵的长方，西洋画宜于横的长方。文艺也是如此：西洋人的取材多以"我"和"我的女人或男子"为主，故属于横的、夫妇的；中华人的取材多以"我"和"我的父母或子女"为主，故属于纵的、亲子的。描写亲子之爱应当是中华人的特长，看近来的作品，究其文心，都函这唯一义谛。

爱亲的特性是中国文化的细胞核，除了它，我们早就要断发短服了！我们将这种特性来和西洋的对比起来，可以说中华民族是爱父母的民族，那边欧西是爱夫妇的民族。因为是"爱父母的"，故叙事直贯，有始有终，源源本本，自自然然地说下来。这"说来话长"的特性——很和拔丝山药一样地甜热而黏——可以在一切作品里找出来。无论写什么，总有从盘古以来说到而今的倾向。写孙悟空总得从猴子成精说起；写贾宝玉总得从顽石变灵说起；这写生生因果的好尚是中华文学的文心，是纵的，是亲子的，所以最易抽出我们的情绪。

八岁时，读《诗经·凯风》和《陟岵》，不晓得怎样，眼泪没得我的同意就流下来？九岁读《檀弓》到"今丘也，东西南北之人也"一段，伏案大哭。先生问我："今天的书并没给你多上，也没生字，为何委屈？"我说："我并不是委屈，我只伤心这'东西南北'四字。"第二天，接着念"晋献公将杀其世子申生"一段，到"天下岂有无父之国哉？"又哭。直到于今，这"东西南北"四个字还能使我一念便伤怀。我尝反省这事，要求其使我哭泣的缘故。不错，爱父母的民族的理想生活便是在这里生、在这里长、在这里聚族、在这里埋葬，东西南北地跑当然是一种可悲的事了。因为离家、离父母、离国是可悲的，所以能和父母、乡党过活的人是可羡的。无论什么也都以这事为准绳：做文章为这一件大事做，讲爱情为这一件大事讲，我才理会我的"上坟瘾"不是我自己所特有，是我所属的民族自盘古以来遗传给我的。你如自己念一念"可爱的家乡啊！我睡眼蒙眬里，不由得不乐意接受你欢迎的诚意。"和"明儿……你真要离开我了么？"应作如何感想？

爱夫妇的民族正和我们相反。夫妇本是人为，不是一生下来就铸定了彼此的关系。相逢尽可以不相识，只要各人带着，或有了各人的男女欲，就可以。你到什么地方，这欲跟到什么地方，他可以在一切空间显其功用，所以在文心上无需溯其本源，究其终局，干干脆脆，Just a word，也可以自成段落。爱夫妇的心境本含有一种舒展性和侵略性，所以乐得东西南北，到处地跑。夫妇关系可以随地随时发生，又可以强侵软夺，在文心上当有一种"霸道""喜新""乐得""为我自己享受"的倾向。

总而言之，爱父母的民族的心地是"生"；爱夫妇的民族的心地是"取"。生是相续的；取是广延的。我们不是爱夫妇的民族，故描写夫妇，并不为夫妇而描写夫妇，是为父母而描写夫妇。我很少见——当然是我少见——中国文人描写夫妇时不带着"父母的"的色彩；很少见单独描写夫妇而描写得很自然的。这并不是我们不愿描写，是我们不惯描写广延性的文字的缘故。从对面看，纵然我们描写了，人也理会不出来。

《芝兰与茉莉》开宗第一句便是"祖母真爱我！"这已把我的心牵引住了，"祖母爱我"，当然不是爱夫妇的民族所能深味，但它能感我和《檀弓》差不了多少。"垂老的祖母，等得小孩子奉甘旨么？"子女生活是为父母的将来，父母的生活也是为着子女,这永远解不开的结,结在我们各人心中。触机便发表于文字上。谁没有祖父母、父母呢?他们的折磨、担心,都是像夫妇一样有个我性的么?丈夫可以对妻子说:"我爱你,故我要和你同住";或"我不爱你,你离开我吧"。妻子也可以说:"人尽可夫,何必你?"但子女对于父母总不能有这样的天性。所以做父母的自自然然要为子女担忧受苦,做子女的也为父母之所爱而爱,为父母而爱为第一件事。爱既不为我专有,"事之不能尽如人意"便为此说出来了。从爱父母的民族眼中看夫妇的爱是为三件事而起,一是继续这生生的线,二是往溯先人的旧典,三是承纳长幼的情谊。

说起书中人的祖母,又想起我的祖母来了。"事之不能尽如人意者,夫复何言!"我的祖母也有这相同的境遇呀!我的祖母,不说我没见过,连我父亲也不曾见过,因为她在我父亲未生以前就去世了。这岂不是很奇怪的么?不如意的事多着呢!爱祖母的明官,你也愿意听听我说我祖母的失意事么?

八十年前,台湾府——现在的台南——城里武馆街有一家,八个兄弟同一个老父亲同住着,除了第六、七、八的弟弟还没娶以外,前头五个都成家了。兄弟们有做武官的,有做小乡绅的,有做买卖的。那位老四,又不做武官又不做绅士,更不曾做买卖。他只喜欢念书,自己在城南立了一所小书塾名叫窥园，在那里一面读，一面教几个小学生。他的清闲，是他兄弟们所羡慕，所嫉妒的。

这八兄弟早就没有母亲了。老父亲很老，管家的女人虽然是妯娌们轮流着当，可是实在的权柄是在一位大姑手里。这位大姑早年守寡，家里没有什么人，所以常住在外家。因为许多弟弟是她帮忙抱大的，所以她对于弟弟们很具足母亲的威仪。

那年夏天，老父亲去世了。大姑当然是"阃内之长"，要督责一切应办事宜的。早晚供灵的事体，照规矩是媳妇们轮着办的。那天早晨该轮到四弟妇上供了。四弟妇和四弟是不上三年的夫妇，同是二十多岁，情爱之浓是不消说的。

大姑在厅上嚷："素官，今早该你上供了。怎么这时候还不出来？"

居丧不用粉饰面，把头发理好，也毋需盘得整齐，所以晨妆很省事。她坐在妆台前，嚼槟榔，还吸一管旱烟。这是台湾女人们最普遍的嗜好。有些女人喜欢学士人把牙齿染黑了，她们以为牙齿白得像狗的一样不好看，将槟榔和着荖叶、熟灰嚼，日子一久，就可以使很白的牙齿变为漆黑。但有些女人是喜欢白牙的，她们也嚼槟榔，不过把灰减去就可以。她起床，漱口后第一件事是嚼槟榔，为的是使牙齿白而坚固。外面大姑的叫唤，她都听不见，只是嚼着，还吸着烟在那里出神。

四弟也在房里，听见姊姊叫着妻子，便对她说："快出去吧。姊姊要生气了。"

"等我嚼完这口槟榔，吸完这口烟才出去。时候还早咧。"

"怎么你不听姊姊的话？"

"为什么要听你姊姊的话？你为什么不听我的话？"

"姊姊就像母亲一样。丈夫为什么要听妻子的话？"

"'人未娶妻是母亲养的，娶了妻就是妻子养的。'你不听妻子的话，妻子可要打你，好像打小孩子一样。"

"不要脸，哪里来得这么大的孩子！我试先打你一下，看你打得过我不。"老四带着嬉笑的样子，拿着拓扇向妻子的头上要打下去。妻子放下烟管，一手抢了扇子，向着丈夫的额头轻打了一下，"这是谁打谁了！"

夫妇们在殡前是要在孝堂前后的地上睡的，好容易到早晨同进屋里略略梳洗一下，借这时间谈谈。他对于享尽天年的老父亲的悲哀，自然盖不过对于婚媾不久的夫妇的欢愉。所以，外头虽然尽其孝思；里面的"琴瑟"还是一样地和鸣。中国的天地好像不许夫妇们在丧期里有谈笑的权利似的。他们在闹玩时，门帘被风一吹，可巧被姊姊看见了。姊姊见她还没出来，正要来叫她，从布帘飞处看见四弟妇拿着拓扇打四弟，那无明火早就高起了一万八千丈。

"哪里来的泼妇,敢打她的丈夫!"姊姊生气嚷着。

老四慌起来了。他挨着门框向姊姊说:"我们闹玩,没有什么事。"

"这是闹玩的时候么?怎么这样懦弱,教女人打了你,还替她说话?我非问她外家,看看这是什么家教不可。"

他退回屋里,向妻子伸伸舌头,妻子也伸着舌头回答他。但外面越呵责越厉害了。越呵责,四弟妇越不好意思出去上供,越不敢出去越要挨骂,妻子哭了。他在旁边站着,劝也不是,慰也不是。

她有一个随嫁的丫头,听得姑太越骂越有劲,心里非常害怕。十三四岁的女孩,哪里会想事情的关系如何?她私自开了后门,一直跑回外家,气喘喘地说:"不好了!我们姑娘被他家姑太骂得很厉害,说要赶她回来咧!"

亲家爷是个商人,头脑也很率直,一听就有了气,说:"怎样说得这样容易——要就取去,不要就扛回来?谁家养女儿是要受别人的女儿欺负的?"他是个杂货行主,手下有许多工人,一号召,都来聚在他面前。他又不打听到底是怎么一回事,对着工人们一气地说:"我家姑娘受人欺负了。你们替我到许家去出出气。"工人一轰,就到了那有丧事的亲家门前,大兴问罪之师。

里面的人个个面对面呈出惊惶的状态。老四和妻子也相对无言，不晓得要怎办才好。外面的人们来得非常横逆，经兄弟们许多解释然后回去。姊姊更气得凶，跑到屋里，指着四弟妇大骂特骂起来。

"你这泼妇，怎么这一点点事情，也值得教外家的人来干涉？你敢是依仗你家里多养了几个粗人，就来欺负我们不成？难道你不晓得我们诗礼之家在丧期里要守制的么？你不孝的贱人，难道丈夫叫你出来上供是不对的，你就敢用扇头打他？你已犯七出之条了，还敢起外家来闹？好，要吃官司，你们可以一同上堂去，请官评评。弟弟是我抱大的，我总可以做抱告。"

妻子才理会丫头不在身边。但事情已是闹大了，自己不好再辩，因为她知道大姑的脾气，越辩越惹气。

第二天早晨，姊姊召集弟弟们在灵前，对他们说："像这样的媳妇还要得么？我想待一会儿，就扛她回去。"这大题目一出来，几个弟弟都没有话说，最苦的就是四弟了。他知道"扛回去"就是犯"七出之条"时"先斩后奏"的办法，就颤声地向姊姊求情，姊姊鄙夷他说："没志气的懦夫，还敢要这样的妇人么？她昨日所说的话我都听见了。女子多着呢，日后我再给你挑个好的。我们已预备和她家打官司，看看是礼

164

教有势，还是她家工人的力量大。”

当事的四弟那时实在是成了懦夫了！他一点勇气也没有，因为这"不守制""不敬夫"的罪名太大了，他自己一时也找不出什么话来证明妻子的无罪，有赦免的余地。他跑进房里，妻子哭得眼都肿了。他也哭着向妻子说："都是你不好！"

"是，……是……我我……我不好，我对对……不起你！"妻子抽噎着说。丈夫也没有什么话可安慰她，只挨着她坐下，用手抚着她的脖项。

果然姊姊命人雇了一顶轿子，跑进房里，硬把她扶出来，把她头上的白麻硬换上一缕红丝，送她上轿去了。这意思就是说她此后就不是许家的人，可以不必穿孝。

"我有什么感想呢？我该有怎样的感想呢？懦夫呵！你不配觍颜在人世，就这样算了么？自私的我，却因为不贯彻无勇气而陷到这种地步，夫复何言！"当时他心里也未必没有这样的语言。他为什么懦弱到这步田地？要知道他原不是生在为夫妇的爱而生活的地方呀！

王亲家看见平地里把女儿扛回来，气得在堂上发抖。女儿也不能说什么，只跪在父亲面前大哭。老亲家口口声声说要打官司，女儿直劝无需如此，是她的命该受这样折磨的，若动官司只能使她和丈夫吃亏，而且把两家的仇恨结得越深。

老四在守制期内是不能出来的。他整天守着灵想妻子。姊姊知道他的心事，多方地劝慰他。姊姊并不是深恨四弟妇，不过她很固执，以为一事不对就事事不对，一时不对就永远不对。她看"礼"比夫妇的爱要紧。礼是古圣人定下来，历代的圣贤亲自奉行的。妇人呢？这个不好，可以挑那个。所以夫妇的配合只要有德有貌，像那不德、无礼的妇人，尽可以不要。

出殡后，四弟仍到他的书塾去。从前，他每夜都要回武馆街去的。自妻去后，就常住在窥园。他觉得一到妻子房里冷清清地，一点意思也没有，不如在书房伴着书眠还可以忘其愁苦。唉，情爱被压的人都是要伴书眠的呀！

天色晚，学也散了。他独在园里一棵芒果树下坐着发闷。妻子的随嫁丫头蓝从园门直走进来，他虽熟视着，可像不理会一样。等到丫头叫了他一声："姑爷"，他才把着她的手臂，如见了妻子一般。他说："你怎么敢来？……姑娘好么？"

"姑娘命我来请你去一趟。她这两天不舒服，躺在床上哪，她吩咐掌灯后才去，恐怕人家看见你，要笑话你。"

她说完，东张西望，也像怕人看见她来，不一会儿就走了。那几点钟的黄昏偏又延长了，他好容易等到掌灯时分！他到妻子家里，丫头一直就把他带到楼上，也不敢教老亲家知道。妻子的面比前几个月消瘦了，他说："我的……"，他说不下去了，只改过来说："你怎么瘦得这个样子！"

妻子躺在床上也没起来，看见他还站着出神，就说："为什么不坐，难道你立刻要走么？"她把丈夫揪近床沿坐下，眼对眼地看着。丈夫也想不出什么话来说，想分离后第一次相见的话是很难起首的。

"你是什么病？"

"前两天小产了一个男孩子！"

丈夫听这话，直像喝了麻醉药一般。

"反正是我的罪过大，不配有福分，连从你得来的孩子也不许我有了。"

"不要紧的，日后我们还可以有五六个。你要保养保养才是。"

妻子笑中带着很悲哀的神采说："痴男子，既休的妻还能有生子女的荣耀么？"说时，丫头递了一盏龙眼干甜茶来。这是台湾人待生客和新年用的礼茶。

"怎么给我这茶喝，我们还讲礼么？"

"你以后再娶，总要和我生疏的。"

"我并没休你。我们的婚书，我还留着呢。我，无论如何，总要想法子请你回去的；除了你，我还有谁？"

丫头在旁边插嘴说："等姑娘好了，立刻就请她回去吧。"

他对着丫头说："说得很快，你总不晓得姑太和你家主人都是非常固执，非常喜欢赌气，很难使人进退的。这都是你弄出来的。事已如此，夫复何言！"

小丫头原是不懂事，事后才理会她跑回来报信的关系重大。她一听"这都是你弄出来的"，不由得站在一边哭起来。妻子哭，丈夫也哭。

一个男子的心志必得听那寡后回家当姑太的姊姊使令么？当时他若硬把妻子留住，姊姊也没奈他何，最多不过用"礼教的棒"来打他而已。但"礼教之棒"又真可以打破人的命运么？那时候，他并不是没有反抗礼教的勇气，是他还没得着反抗礼教的启示。他心底深密处也会像吴明远那样说，"该死该死！我既爱妹妹，而不知护妹妹；我既爱我自己，而不知为我自己着想。我负了妹妹，我误了自己！事原来可以如人意，而我使之不能；我之罪恶岂能磨灭于万一，然而赴汤蹈火，又何足偿过失于万一呢？你还敢说：'事已如此，夫复何言'么？"

四弟私会出妻的事，教姊姊知道，大加申斥，说他没志气。不过这样的言语和爱情没有关系。男女相待遇本如大人和小孩一样。若是男子爱他的女人，他对于她的态度、语言、动作，都有父亲对女儿的倾向；反过来说，女人对于她所爱的男子也具足母亲对儿子的倾向。若两方都是爱者，他们同时就是被爱者，那是说他们都自视为小孩子，故彼此间能吐露出真性情来。小孩们很愿替他们的好朋友担忧、受苦、用力；有情的男女也是如此。所以姊姊的申斥不能隔断他们的私会。

妻子自回外家后，很悔她不该贪嚼一口槟榔，贪吸一管旱烟，致误了灵前的大事。此后，槟榔不再入她的口，烟也不吸了。她要为自己的罪过忏悔，就吃起长斋来。就是她亲爱的丈夫有时来到，很难得的相见时，也不使他挨近一步，恐怕玷了她的清心。她只以念经绣佛为她此生唯一的本分，夫妇的爱不由得不压在心意的崖石底下。

十几年中，他只是希望他岳丈和他姊姊的意思可以挽回于万一。自己的事要仰望人家，本是很可怜的。亲家们一个是执拗，一个是赌气，因之光天化日的时候难以再得。

那晚上，他正陪姊姊在厅上坐着，王家的人来叫他。姊姊不许，说："四弟，不许你去。"

"姊姊，容我去看她一下罢。听说她这两天病得很厉害，人来叫我，当然是很要紧的，我得去看看。"

"反正你一天不另娶，是一天忘不了那泼妇的。城外那门亲给你讲了好几年，你总是不介意。她比那不知礼的妇人好得多——又美、又有德。"

这一次，他觉得姊姊的命令也可以反抗了。他不听这一套，径自跑进屋里，把长褂子一披，匆匆地出门。姊姊虽然不高兴，也没法揪他回来。

到妻子家，上楼去。她躺在床上，眼睛半闭着，病状已很凶恶。他哭不出来，走近前，摇了她一下。

"我的夫婿，你来了！好容易盼得你来！我是不久的人了，你总要为你自己的事情打算，不要像这十几年，空守着我，于你也没有益处。我不孝已够了，还能使你再犯不孝之条么？——'不孝有三，无后为大'。"

"孝不孝是我的事，娶不娶也是我的事。除了你，我还有谁？"

这时丫头也站在床沿。她已二十多岁，长得越妩媚、越懂事了。她的反省，常使她起一种不可言喻的伤心，使她觉得她永远对不起面前这位垂死的姑娘和旁边那位姑爷。

垂死的妻子说："好吧，我们的恩义是生生世世的。你看她，"她撮嘴指着丫头，用力往下说："她长大了。事情既是她弄出来的，她得替我偿还。"她对着丫头说："你愿意么？"丫头红了脸，不晓要怎样回答。她又对丈夫说："我死后，她就是我了。你如记念我们旧时的恩义，就请带她回去，将来好替我……"

她把丈夫的手拉去，使他揸住丫头的手，随后说："唉，子女是要紧的，她将来若能替我为你养几个子女，我就把她从前的过失都宽恕了。"

妻子死后好几个月，他总不敢向姊姊提起要那丫头回来。他实在是很懦弱的，不晓怎样怕姊姊会怕到这地步！

离王亲家不远住着一位老妗婆。她虽没为这事担心，但她对于事情的原委是很明了的。正要出门，在路上遇见丫头，穿起一身素服，手挽着一竹篮东西，她问："蓝，你要到哪里去？"

"我正要上我们姑娘的坟去。今天是她的百日。"

老妗婆一手扶着杖，一手捏着丫头的嘴巴说："你长得这么大了，还不回武馆街去么？"丫头低下头，没回答她。她又问："许家没意思要你回去么？"

从前的风俗对于随嫁的丫头多是预备给姑爷收起来做二房的，所以妗婆问得很自然。丫头听见"回去"两字，本就不好意思，她双眼望着地上，摇摇头，静默地走了。

妗婆本不是要到武馆街去的，自遇见丫头以后，就想她是个长辈之一，总得赞成这事。她一直来投她的甥女，也叫四外甥来告诉他应当办的事体。姊姊被妗母一说，觉得再没有可固执的了，说："好吧，明后天预备一顶轿子去扛她回来就是。"

四弟说："说得那么容易？要总得照着娶继室的礼节办，她的神主还得请回来。"

姊姊说："笑话，她已经和她的姑娘一同行过礼了，还行什么礼？神主也不能同日请回来的。"

老妗母说："扛回来时，请请客，当做一桩正事办也是应该的。"

他们商量好了，兄弟也都赞成这样办。"这种事情，老人家最喜欢不过"，老妗母在办事的时候当然是一早就过来了。

这位再回来的丫头就是我的祖母了。所以我有两个祖母，一个是生身祖母，一个是常住在外家的"吃斋祖母"——这名字是母亲给我们讲祖母的故事时所用的题目。又"丫头"这两个字是我家的"圣讳"，平常是不许说的。

我又讲回来了。这种父母的爱的经验，是我们最能理会的。人人经验中都有多少"祖母的心""母亲""祖父""爱儿"等等事迹，偶一感触便如悬崖泻水，从盘古以来直说到于今。我们的头脑是历史的，所以善用这种才能来描写一切的事故。又因这爱父母的特性，故在作品中，任你说到什么程度，这一点总抹杀不掉。我爱读《芝兰与茉莉》，因为它是源源本本地说，用我们经验中极普遍的事实触动我。我想凡是有祖母的人，一读这书，至少也会起一种回想的。

书看完了，回想也写完了，上课的钟直催着。现在的事好像比往事要紧，故要用工夫来想一想祖母的经历也不能了！大概她以后的境遇也和书里的祖母有一两点相同吧。

哥伦比亚图书馆413号检讨室

1924 年 2 月 10 日

无法投递之邮件（节选）

弁　言

有话说不出的苦；说出来没人听，更苦。有信不能投递是不幸；递而递不到，更不幸。这样的苦与不幸，稍有人间经验的人没有一个不尝过。

一个惯在巴黎歌剧场鉴赏歌舞的人到北京的茶园去听昆曲，也许会捧腹大笑，说："这是什么音乐？"这样的人，我们可以说他不懂昆曲。一只百灵在笼里嘤鸣，养它的主人虽然听不懂它的意思，却也能羡赏它的声音，或误会它，以为它向着自己献媚。一只蜩蝉藏在阴森的丛叶底下，不断地长鸣，也是为求它的伴侣，可是有时把声音叫嘶了，还是求不着。在笼里的鸟不能因为自己不自由，或被人误会而不唱。在叶底的蝉不能因求伴不得而不叫唤。说话、写信也是如此。听不懂，看不懂，未必不能再说，再写。至若词不达意，而读者能够理会，就更可以写；词能达意，明知读者要误会，亦不能不写。写在我，读在人，理会和误会，我可以不管。投在我，递在人，有法投递与无法投递，我也可以不管。只要写了，投了，我心就安慰而满足了。只要我的情义表示出来，虽递不到，我也算它递到了。

十六年十一月落华生自叙于面壁斋

给诵幼

（不能投递之情形——地址不明，退发信人写明再递。）

诵幼，我许久没见你了。我近来患失眠症。梦魂呢，又常困在躯壳里飞不到你身边，心急得很。但世间事本无容人着急的余地，越着急越不能到；我只得听其自然罢了。你总不来我这里，也许你怪我那天藏起来，没有出来帮你忙的缘故。诵幼，若你因那事怪了我，可就冤枉极了！我在那时，全身已抛在烦恼的海中，自救尚且不暇，何能顾你？今天接定慧的信，说你已经被释放了，我实在欢喜得很！呀，诵幼，此后须要小心和男子相往来。你们女子常说"男子坏的很多"，这话诚然不错。但我以为男子的坏，并非他生来就是如此的，是跟女子学来的。诵幼，我说这话，请你不要怪我。你的事且不提，我拿文锦的事来说罢。他对于尚素本来是很诚实的，但尚素要将她和文锦的交情变为更亲密的交情，故不得不胡乱献些殷勤。女人的殷勤，就是使男子变坏的砒石哟！我并不是说女子对于男子要很森严、冷酷，像怀霄待人一样，不过说没有智慧的殷勤是危险的罢了。

我盼望你今后的景况像湖心的白鹄一样。

给贞蕤

（不能投递之情形——此人已离广州。）

自走马营一别，至今未得你的消息。知道你的生活和行脚僧一样，所以没有破旅愁的书信给你念。昨天从秔香处听见你的近况，且知道你现在住在这里，不由得我不写这几句话给你。

我的朋友，你想北极的冰洋上能够长出花菖蒲，或开得像尼罗河边的王莲来么？我劝你就回家去罢。放着你清凉而恬淡的生活不享，飘零着找那不知心的"知心人"，为何自找这等刑罚？纵说是你当时得罪了他，要找着他向他谢罪，可是罪过你已认了，那温润不挠、如玉一般的情好岂能弥补得毫无瑕疵？

我的朋友，我常想着我曾用过一管笔，有一天无意中把笔尖误烧了（因为我要学篆书，听人说烧了尖好写），就不能再用它。但我很爱那笔，用尽许多法子，也补救不来；就是拿去找笔匠，也不能出什么主意，只是教我再换过一管罢了。我对于那天天接触的小宝贝，虽舍不得扔掉，也不能不把它藏在笔囊里。人情虽不能像这样换法，然而，我们若在不能换之中，姑且当作能换，也就安慰多了。你有心牺牲你的命运，他却无意成就你的愿望，你又何必？我劝你早一点回去罢，看你年少的容貌快要从镜中逃走，在你背后的黑影快要闯入你的身里，把你青春一切活泼的风度赶走，把你光艳的躯壳夺去了。

我再三叮咛你，不知心的"知心人"，纵然找着了，只是加增懊恼，毫无用处的。

给小峦

（不能投递之情形——此人已入疯人院。）

绿绮湖边的夜谈，是我们所不能忘掉的。但是，小峦，我要告诉你，迷生决不能和我一样，常常惦念着你，因为他的心多用在那恋爱的遗骸上头。你不是教我探究他的意思吗？我昨天一早到他那里去，在一件事情上，使我理会他还是一个爱的坟墓的守护者。若是你愿意听这段故事，我就可以告诉你。

我一进门时，他垂着头好像很悲伤的样子，便问："迷生，你又想什么来？"他叹了一声才说："她织给我的领带已经坏了。我身边再也没有她的遗物了！人丢了，她的东西也要陆续地跟着她走，真是难解！"我说："是的，太阳也有破坏的日子，何况一件小小东西，你不许它坏，成么？"

"为什么不成。若是我不用它，就可以保全它，然而我怎能不用？我一用她给我留下的器物，就借那些东西要和她交通，且要得着无量安慰。"他低垂的视线牵着手里的旧领带，接着说："唉，现在她的手泽都完了！"

小峦，你想他这样还能把你惦记在心里么？你太轻于自信了。我不是使你失望，我很了解他，也了解你，你们固然是亲戚，但我要提醒你，除疏淡的友谊外，不要多走一步。因为，凡最终的地方，都是在对岸那很高、很远、很暗，且不能用平常的舟车达到的。你和迷生的事，据我现在的观察，纵使蜘蛛的丝能够织成帆，蜣螂的甲能够装成船，也不能渡你过第一步要过的心意的海洋。你不要再发痴了，还是回向莲台，拜你那低头不语的偶像好。你常说我给麻醉剂你服，不错的！若是我给一毫一厘的兴奋剂你服，恐怕你要起不来了。

复诵纫

（不能投递之情形——该处并无此人。）

"是神造宇宙、造人间、造人、造爱；还是爱造人、造人间、造宇宙、造神？"这实与"是男生女，是女生男"的旧谜一般难决。我总想着人能造的少，而能破的多。同时，这一方面是造，那一方面便是破。世间本没有"无限"。你破璞来造你的玉簪，破贝来造你的珠珥，破木为梁，破石为墙，破蚕、棉、麻、麦、牛、羊、鱼、鳖的生命来造你的日用饮食，乃至破五金来造货币、枪弹，以残害同类、异种的生命。这都是破造成的。要生活就得破。就是你现在的"室家之乐"也从破得来。你破人家亲子之爱来造成的配偶，又何尝不是破？破是不坏的，不过现代的人还找不出破坏量少而建造量多的一个好方法罢了。

你问我和她的情谊破了不，我要诚实地回答你说：诚然，我们的情谊已经碎为流尘，再也不能复原了；但在清夜中，旧谊的鬼灵曾一度蹑到我记忆的仓库里，悄悄把我伐情的斧——怨恨——拿走。我揭开被褥起来，待要追它，它已乘着我眼中的毛轮飞去了。这不易寻觅的鬼灵只留它的踪迹在我的书架上。原来那是伊人的文件！我伸伸腰，揉着眼，取下来念了又念，伊人的冷面复次显现了。旧的情谊又从字里行间复活起来。相怨后的复和，总解不通从前是怎么一回事，也诉不出其中的甘苦。心面上的青紫惟有用泪洗濯而已。有涩泪可流的人还算不得是悲哀者。所以我还能把壁上的琵琶抱下来弹弹，一破清夜的岑寂。你想我对着这归来的旧好必要弹些高兴的调子。可是我那夜弹来弹去只是一阕《长相忆》，总弹不出《好事》！奈何，奈何？我理会从记忆的坟里复现的旧谊，多年总有些分别。但玉在她的信里附着几句短词嘲我说：

噫，说到相怨总是表面事，
心里的好人仍是旧相识。
是爱是憎本不容得你做主，
你到底是个爱恋的奴隶！

她嘲我的未免太过。然而那夜的境遇实是我破从前一切情愫所建造的。此后，纵然表面上极淡的交谊也没有，而我们心心的理会仍可以来去自如。

你说爱是神所造，劝我不要拒绝，我本没有拒绝，然而憎也是神所造，我又怎能不承纳呢？我心本如香水海，只任轻浮的慈惠船载着喜爱的花果在上面游荡。至于满载痴石、喷火的簰筏，终要因它的危险和沉重而消没净尽，焚毁净尽。爱憎既不由我自主，那破造更无消说了。因破而造，因造而破，缘因更迭，你哪能说这是好，那是坏？至于我的心迹连我自己也不知道，你又怎能名其奥妙？人到无求，心自清宁，那时既无所造作，亦无所破坏。我只觉我心还有多少欲念除不掉，自当勇敢地破灭它至于无余。

你，女人，不要和我讲哲学。我不懂哲学。我劝你也不要希望你脑中有百"论"、千"说"、亿万"主义"，那由他"派别"，辩来论去，逃不出鸡子方圆的争执。纵使你能证出鸡子是方的，又将如何？你还是给我讲讲音乐好。近来造了一阕《暖云烘寒月》琵琶谱，顺抄一份寄给你。这也是破了许多工夫造得来的。

复真龄

（不能投递之情形——真龄去国，未留住址。）

自与那人相怨后，更觉此生不乐。不过旧时的爱好如洁白的寒鹭，三两时间飞来歇在我心中泥泞的枯塘之岸，有时漫涉到将干未干的水中央，还能使那寂静的平面随着她的步履起些微波。

唉，爱姊姊和病弟弟总是孪生的呵！我已经百夜没睡了。我常说，我的爱如香洌的酒，已经被人喝尽了，我哀伤的金罍里只剩些残冰的融液，既不能醉人，又足以冻我齿牙。你试想，一个百夜不眠的人，若渴到极地，就禁得冷饮么？

"为爱恋而去的人终要循着心境的爱迹归来。"我老是这样地颠倒梦想。但两人之中，谁是为爱恋先走开的？我说那人，那人说我。谁也不肯循着谁的爱迹归来。这委是一件胡卢事！玉为这事也和你一样写信来呵责我，她真和她眼中的瞳子一样，不用镜子就照不着自己。所以我给她寄一面小镜去。她说"女人总是要人爱的"，难道男子就不是要人爱的？她当初和球一自相怨后，也是一样蒙起各人的面具，相逢直如不相识。他们两个复和，还是我的工夫，我且写给你看。

那天，我知道球要到帝室之林去赏秋叶，就怂恿她与我同去。我远地看见球从溪边走来，借故撇开她，留她在一棵枫树下坐着，自己藏在一边静观。人在落叶上走是秘不得的。球的足音，谅她听得着。球走近树边二丈相离的地方也就不往前进了。他也在一根横卧的树根上坐下，拾起枯枝只顾挥拨地上的败叶。她偷偷地看球，不做声，也不到那边去。球的双眼有时也从假意低着的头斜斜地望她。他一望，玉又假做看别的了。谁也不愿意表明谁看着谁来。你知道这是很平常的事。由爱至怨，由怨至于假不相识，由假不相识也许能回到原来的有情境地。我见如此，故意走回来，向她说："球在那边哪！”她回答：“看见了。”你想这话若多两个字“钦此”，岂不成这娘娘的懿旨？我又大声嚷球。他的回答也是一样地庄严，几乎带上“钦此”二字。我跑去把球揪来。对他们说："你们彼此相对道道歉，如何？”到底是男子容易劝。球到她跟前说："我也不知道怎样得罪你。他迫着我向你道歉，我就向你道歉罢。”她望着球，心里愉悦之情早破了她的双颊冲出来。她说："人为什么不能自主到这步田地？连道个歉也要朋友迫着来。”好了，他们重新说起话来了！

她是要男子爱的，所以我能给她办这事。我是要女人爱的，故毋需去瞅睬那人，我在情谊的道上非常诚实，也没有变动，是人先离开的。谁离开，谁得循着自己心境的爱迹归来。我哪能长出千万翅膀飞入苍茫里去找她？再者，他们是醉于爱的人，故能一说再合。我又无爱可醉，犯不着去讨当头一棒的冷话。您想是不是？

给怀霄

（不能投递之情形——此信遗在道旁，由陈斋夫拾回。）

好几次写信给你都从火炉里捎去。我希望当你看见从我信笺上出来那几缕烟在空中飘扬的时候，我的意见也能同时印入你的网膜。

怀霄，我不愿意写信给你的缘故，因为你只当我是有情的人，不当我是有趣的人。我尝对人说，你是可爱，不过你游戏天地的心比什么都强，人还够不上爱你。朋友们都说我爱你，连你也是这样想，真是怪事！你想男女得先定其必能相爱，然后互相往来么？好人甚多，怎能对于每个人都爱恋？不过这样的成见不止你有，我很可以原谅你。我的朋友，在爱的田园中，当然免不了三风四雨。从来没有不变化的天气能教一切花果开得斑斓，结得磊砢的。你连种子还没下，就想得着果实，更是办不到的。我告诉你，真能下雨的云是一声也不响的。不掉点儿的密云，雷电反发射得弥满天地。所以人家的话，不一定就是事实，请你放心。

男子愿意做女人的好伴侣或好朋友，可不愿意当她们的奴才，供她们使令。他愿意帮助她们，可不喜欢奉承谄媚她们，男子就是男子，媚是女人的事。你若把"女王""女神"的尊号暂时收在镜囊里，一定要得着许多能帮助你的朋友。我知道你的性地很冷酷，你不但不愿意得几位新的好友，或极疏淡的学问之交，连旧的你也要一个一个弃绝掉。嫁了的女朋友，和做了官的男相识，都是不念旧好的。与他们见面时，常竟如路人。你还未嫁，还未做官，不该施行那样的事情。我不是呵责你，也不是生气。就使你侮辱我到极点，我也不生气。我不过尽我的情劝告你罢了。说到劝告，也是不得已的。这封信也是在万不得已的境遇底下写的，写完了，我还是盼望你收不到。

复少觉

（不能投递之情形——受信人地址为墨所污，无法投递。）

同年的老弟：我知道怀霄多病，故月来未尝发信问候，恐惹起她的悲怨。她自说："我有心事万缕，总不愿写出、说出。到无可奈何时节，只得由它化作血丝飘出来。"所以她也不写信告诉我她到底是害什么病。我想她现时正躺在病榻上呢。

唉，怀霄的病是难以治好的。一个人最怕有"理想"。理想不但能使人病，且能使人放弃他的性命。她甚至抱着理想的理想，怎能不每日病透二十四小时？她常对我说："有而不完全，宁可不有。"你想"完全"真能在人间找得出来的么？就是遍游亿万尘沙世界，经过庄严劫、星宿劫，也找不着呀！不完全的世界怎能有完全的男子？纵使世间真有一个完全的男子，与她理想的理想一样，那男子对她未必就能起敬起爱。罢了！这又是一种渴鹿趋阳焰的事，即令他有千万蹄，每蹄各具千万翅膀，飞跑到旷野尽处，也不能得点滴的水，何况它还盼望得到绿洲来做它的憩息饮食处？朋友们说她是"愚拙的聪明人"，诚然！她真是一个万事伶俐，一时懵懂的女人。她总没想到"完全"是由妖魔画空而成，本来无东西，何能捉得住？多才、多艺、多色、多意想的人最容易犯理想病。因为有了这些，魔便乘隙于她心中画等等极乐；饰等等庄严；造等等偶像；使她这本来辛苦的身心更受造作安乐的刑罚。这刑罚，除了世人以为愚拙的人以外，谁也不能免掉。如果她知道这是魔的诡计，她就泅近解脱的岸边了。

　　"理想"和毒花一样，眼看是美，却摸不得。三家村女也知道开美丽的花的多是毒草，总不敢取来做肴馔，可见真正聪明人还数不到她。自求辛螫的人除用自己的泪来调反省的药饵以外，再没有别样灵方。医生说她外表似冷，内里却中了很深的繁花毒。由毒生热恼，恼极成劳，故呕心有血。我早知她的病原在此，只恨没有神变威力，幻作大白香象，到阿耨达池去，吸取些清凉水来与她灌顶，使她表里俱冷。虽然如此，我还尽力向她劝说，希望她自己能调伏她理想的热毒。我写到这里，接朋友的信说她病得很凶，我得赶紧去看看她。

给琰光

（不能投递之情形——琰光南归就婚，嘱所有男女来书均退回。）

你在我心中始终是一个生面人，彼此间再也不能有什么微妙深沉的认识了，这也是难怪的。白孔雀和白熊虽是一样清白，而性情的冷暖各不相同，故所住的地方也不相同。我看出来了！你是白熊，只宜徘徊于古冰峥嵘的岩壑间，当然不能与我这白孔雀一同飞翔于缨藤缕缕、繁花树树的森林里。可惜我从前对你所有意绪，到今日落得寸断毫分，流离到踪迹都无。我终恨我不是创作者呀！怎么连这刹那等速的情爱时间也做不来？

我热极了，躺在病床上，只是同冰做伴。你的情愫也和冰一样，我愈热，你愈融，结果只使我戴着一头冷水。就是在手中的，也消融尽了。人间第一痛苦就是无情的人偏会装出多情的模样，有情的倒是缄口束手，无所表示！启芳说我是泛爱者，劳生说我是兼爱者，但我自己却以为我是困爱者。我实对你说，我自己实不敢作，也不能作爱恋业，为困于爱，故整日颠倒于这甜苦的重围中，不能自行救度。爱的沉沦是一切救主所不能救的。爱的迷蒙是一切"天人师"所不能训诲开示的。爱的刚愎是一切"调御丈夫"所不能降伏的。

病中总希望你来看看我,不想你影儿不露,连信也不来!似游丝的情绪只得因着记忆的风挂搭在西园西篱,晚霞现处。那里站着我儿时曾爱,现在犹爱的邕。她是我这一生第一个女伴,二十四年的别离,我已成年,而心象中的邕还是两股小辫垂在绿衫儿上。毕章是别离好呵!别离的人总不会老的,你不来也就罢了,因为我更喜欢在旧梦中寻找你。

你去年对我说那句话,这四百日中,我未尝忘掉要给你一个解答。你说爱是你的,你要予便予,要夺便夺。又说要得你的爱须付代价。咦,你老脱不掉女人的骄傲!无论是谁,都不能有自己的爱,你未生以前,爱恋早已存在,不过你偷了些少来眩惑人罢了。你到底是个爱的小窃,同时是个爱的典质者。你何尝花了一丝一忽的财宝,或费了一言一动的劳力去索取爱恋,你就想便宜得来,高贵地售出?人间第二痛苦就是出无等对的代价去买不用劳力得来的爱恋。我实在告诉你,要代价的爱情,我买不起。

焦把纸笔拿到床边,迫着我写信给你,不得已才写了一套话。我心里告诉我说,从诚实心表见出来的言语,永不至于得罪人,所以我想上头所说的不会动你的怒。

无法投递之邮件（续）

一、给怜生

偶出郊外，小憩野店，见绿榕叶上糁满了黄尘。树根上坐着一个人，在那里呻吟着。裛说大概又是常见的那叫花子在那里演着动人同情或惹人憎恶的营生法术罢。我喝过一两杯茶，那凄楚的声音也和点心一齐送到我面前，不由得走到树下，想送给那人一些吃的用的。我到他跟前，一看见他的脸，却使我失惊。怜生，你说他是谁？我认得他，你也认得他。他就是汕市那个顶会弹三弦的殷师。你记得他一家七八口就靠着他那十个指头按弹出的声音来养活的。现在他对我说他的一只手已留在那被贼略杀的城市里。他的家也教毒火与恶意毁灭了。

他见人只会嚷："手——手——手！"再也唱不出什么好听的歌曲来。他说："求乞也求不出一只能弹的手，白活着是无意味的。"我安慰他说："这是贼人行凶的一个实据，残废也有残废生活的办法，乐观些罢。"他说："假使贼人切掉他一双脚，也比去掉他一个指头强。有完全的手，还可以营谋没惭愧的生活。"我用了许多话来鼓励他。最后对他说："一息尚存，机会未失。独臂擎天，事在人为。把你的遭遇唱出来，没有一只手，更能感动人，使人人的手举起来，为你驱逐丑贼。"他沉吟了许久，才点了头。我随即扶他起来。他的脸黄瘦得可怕，除掉心情的愤怒和哀伤以外，肉体上的饥饿、疲乏和感冒，都聚在他身上。

我们同坐着小车，轮转得虽然不快，尘土却随着车后卷起一阵阵的黑旋风。头上一架银色飞机掠过去。殷师对于飞机已养成一种自然的反射作用，一听见声音就蜷伏着。袭说那是自己的，他才安心。回到城里，看见报上说，方才那机是专载烤火鸡到首都去给夫人、小姐们送新年礼的。好贵重的礼物！它们是越过满布残肢尸体的战场，败瓦颓垣的村镇，才能安然地放置在粉香脂腻的贵女和她们的客人面前。希望那些烤红的火鸡，会将所经历的光景告诉她们。希望它们说：我们的人民，也一样地给贼人烤着吃咧！

二、答寒光

你说你佩服近来流行的口号：革命是不择手段的，我可不敢赞同。革命是为民族谋现在与将来的福利的伟大事业，不像泼一盆脏水那么简单。我们要顾到民族生存的根本条件，除掉经济生活以外，还要顾到文化生活。纵然你说在革命的过程中文化生活是不重要的，因为革命便是要为民族制造一个新而前进的文化，你也得做得合理一点，经济一点。

革命本来就是达到革新目的的手段。要达到目的地，本来没限定一条路给我们走。但是有些是崎岖路，有些是平坦途，有些是捷径，有些是远道。你在这些路程上，当要有所选择。如你不择道路，你就是一个最笨的革命家。因为你为选择了那条崎岖又辽远的道路，你岂不是白糟蹋了许多精力、时间与物力？领导革命从事革命的人，应当择定手段。他要执持信义、廉耻、振奋、公正等等精神的武器，踏在共利互益的道路上，才能有光明的前途。要知道不问手段去革命，只那手段有时便可成为前途最大的障碍。何况反革命者也可以不问手段地摧残你的工作？所以革命要择优越的、坚强的与合理的手段，不择手段的革命是作乱，不是造福。你赞同我的意思吧！写到此处，忽觉冷气袭人，于是急闭窗户，移座近火，也算卫生上所择的手段吧，一笑。

雍来信说她面貌丑陋，不敢登场。我已回信给她说，戏台上的人物不见得都美，也许都比她丑。只要下场时留得本来面目。上场显得自己性格，涂朱画墨，有何妨碍？

三、给华妙

瑰容她的儿子加入某种秘密工作。孩子也干得很有劲。他看不起那些不与他一同工作的人们，说他们是活着等死。不到几个月，秘密机关被日人发现，因而打死了几个小同志。他幸而没被逮去，可是工作是不能再进行了，不得已逃到别处去。他已不再干那事，论理就该好好地求些有用的知识，可是他野惯了，一点也感觉不到知识的需要。他不理会他们的秘密的失败是由组织与联络不严密和缺乏知识，他常常举出他的母亲为例，说受了教育只会教人越发颓废，越发不振作，你说可怜不可怜！

瑰呢？整天要钱。不要钱，就是跳舞；不跳舞，就是……总而言之，据她的行为看来，也真不像是鼓励儿子去做救国工作的母亲。她的动机是什么，可很难捉摸。不过我知道她的儿子当对她的行为表示不满意。她也不喜欢他在家里，尤其是有客人来找她的时候。

前天我去找她，客厅里已有几个欧洲朋友在畅谈着。这样的盛会，在她家里是天天有的。她在群客当中，打扮得像那样的女人。在谈笑间，常理会她那抽烟、耸肩、瞟眼的姿态，没一样不是表现她的可鄙。她偶然离开屋里，我就听见一位外宾低声对着他的同伴说："她很美，并且充满了性的引诱。"另一位说："她对外宾老是这样的美利坚化。……受欧美教育的中国妇女，多是擅于表欧美的情的，甚至身居重要地位的贵妇也是如此。"我是装着看杂志，没听见他们的对话，但心里已为中国文化掉了许多泪。华妙，我不是反对女子受西洋教育。我反对一切受西洋教育的男女忘记了自己是什么样人，自己有什么文化。大人先生们整天在讲什么"勤俭""朴素""新生活""旧道德"，但是节节失败在自己的家庭里头，一想起来，除掉血，还有什么可呕的？

青年节对青年讲话

　　二十二年前的今日也是个星期日，我还在燕京大学读书。当日在天安门聚齐，怎样向东交民巷交涉，怎样到栖凤楼去，到现在还很明显地一桩一件出现在我的回忆里。不过今天我没工夫对诸位细说当日的情形与个人的遭遇，所要说的只是"五四"运动的意义，与今后我们青年人所当努力的事情。大学生对于社会与政治的关心，是我们自古以来的传统理想，因为求学目的是在将来能为国家服务，同时也是训练各人对于目前的政治与社会问题的态度与解答。当国家在危难时期，尤其需要青年对于种种问题，与实况有深切的了解与认识。他们得到刺激之后，更能为国认真向学，与努力做人。我们常感觉到年长的执政们，有时候脑筋会迟钝一点，对于当前问题的感觉未必会像青年人那么敏锐，又因为他们的生活安定了，虽然经验与理智告诉他们应当怎样做，他们却不肯照所知所见，与所当走的路途去做去行。因此，青年人的政治意见的表示，就很可以刺激他们，使他们详加考虑和审慎地决断。"五四"运动的意义是在这点上头，不幸事件的发生，不过是偶然的。若以打人烧屋来赞扬"五四"运动当日的学生，那就是太低看了那次的学生行为了。

"五四"运动的光荣是过去了。好汉不说当年勇，我们有为的青年应当努力于现在与将来，使中国能够发展成为一个近代的国家。我每觉得我们国民的感觉太迟钝，做事固然追不上时间，思想更不用说，在教育界中间甚至有些人一点思想，一毫思想都没有。教书的人没有教育良心，读书的人没有学习毅力，互相敷衍，互相标榜，互相欺骗。当日"五四"的学生，今日有许多已是操纵国运的要人，试问他们有了什么成绩？有许多人甚至回到科举时代的习尚，以为读书人便当会作诗，写字，绘画，不但自己这样做，并且鼓励学生跟着他们将有用的时间，费在无用或难以成功的事情上。他们盲目地鼓吹保存国粹，发展中国固有文化，不知道他们所保存的只是渣滓而已。试拿保存中国文字一件事来说，我如果不认定文字不过是传达思想的工具，就会看它为民族的神圣遗物，永远不敢改变它，甚至会做出错误的推理说，有中国文字然后有中国文化，但是我们要知道中国文字并未发展到科学化的阶段便停止了。生于现代而用原始的工具，无论如何是有害无利的。现代的文明是速度的文明，人家的进步一日万里，我们还在抱残守缺，无论如何，是会落后的。中国文字不改革，民族的进步便无希望。这是我敢断言的。我敢再进一步说，推行注音字母还不够，非得改用拼音字不可。现在许多青年导师，不但不主张改革中国文字，反而提倡书法，以为中国字特别具有艺术价值，值得提倡。说这样话的人们，大概没到过欧美图书馆去看看中古时代，僧侣们写的圣经和其他稿本。他们写的文字形式一样可以令人发生美感。古人闲得很，可以多用工夫消磨在写字上。现代人若将时间这样浪费，那就不应当了。文字形式的美，与其他器具，如椅桌等的一样，它的美的价值与纯艺术，如绘画雕刻等不同，因为它主要目的在用而不在欣赏。我们要用来变成欣赏也未尝不可，甚至欣赏到无用而有害的东西，如吸烟、打吗啡之类，也只得由人去做，不过不是应当青年人提倡的种种。近日有人教狗虱做戏，在技巧方面说是可以的，若是当它做艺术看那就太差了。提倡书法也与提倡做狗虱戏一样无关大雅，近日人好皮毛的名誉，以为能写个字，能画两笔，便是名家。因此，不肯从真学问处下工夫，这是太可惜太可怜了。

青年节是含有训练青年人的政治意识与态度的作用的。我们的民族正入到最危难的关头，国民对于民族生存的大目标固然要一致，为要达到生存的安全也要一致地努力，但对于国家前途的计划，意见纵然不一致，也当彼此容忍，开诚布公，使摩擦减少。须知我们自己若不能相容，我们便不配希望人家的帮助与同情。我们对内的严重症结在贪污与政治团体的意见分歧与互相猜忌，国防只是党防，抗战不能得预期的效果多半是由于被上头所指出的贪污的绳与猜忌的索的绊缠。这样下去，那能了得？前几日偶然翻到日本平凡社刊行的《百科大事汇》，在缅甸一条里，论者说缅甸人性好猜忌，是亡国民族的特征。编者对缅甸人的观察与判断我不敢赞同。但亡了国之后，凡人类所有的劣根性都会意外地被指摘出来。我也承认亡国民族有他的特征而这些都是积渐发展而来的。前七八年我写了一篇《伟大民族的条件》的论文，在《北平晨报》发表过，我的中心意见是以为伟大民族不是天生成的，须要劣根性排除，自己努力栽培自己使他习惯成自然，自然就会脱离蛮野人与鄙野人的境地。我现在要讲亡国民族的特征，除了上头所讲的两点以外，我们可以说还有五点。一、嫉妒。没落的民族的个人总是希望人家的能力学力等等都不如他。凡有比他好的，就是一分一毫，他也很在意。他专会对别人算账，自己的糊涂账却不去问，总要拿自己来与人家比，看不得一件好事情一个好见地给别人做了或提出来了，他非尽力破坏不可。这是亡国民族的一个特征。二、好名。亡国民族的个人因为地位上已有高下，尤其喜欢得着虚名，但由自己的努力得来的名誉是很少见的。名誉的来到，多是由于同党者的互相标榜。做事不认真，却要得到人家的赞美。现在单从学术的研究来说，我们常常看见报上登载的某某发明什么东西比外国发明更好。更好，固然是应该，但要不自吹。东西真是超越，也不必鼓吹。而且许多与国防上有关的发明，若是这样大吹大擂地刊报出来，岂不是大有损害？我们看见这样大吹大擂的报，总会感觉到只是发明家的好名，并非他真有所发明。三、无恒。亡国的民族个人多半不肯把一件事情做好。他做事多半为名为利，从不肯牢站在自己的岗位。凡事，只要能使他的生活安适一点，不一定是能使他的事业更有成就的，他必轻易地改变他的职业。这样永远只能在人支配之下讨生活，永不会有什么成就的。四、无情。中国一讲到无情便联想到无义，所以无情无义是相连的。一个人对别人的痛苦艰难，毫无关心，甚至只知道自己的利益与安适，不顾全大局，间接地吃人肉，直接地掠人财。在这几年的抗战期间，出了一批发国难财的"官商"与"商官"！他们的假公济私，对于民众需要的生存与生活资料用巧妙的方法榨取与禁制，凡具有些少人心的人，对于他们无不痛恨。这种无同情心的情形，在亡国的民族中更显现得明白。五、无理想。每一个生存着和生长着的民族必定有他的生存理想。远大的理想本来不容易生产，不过要有民族永远的生存就得立一个共同的理想。在亡国民族中间，"理想"是什么还莫名其妙，那讲什么理想呢？因为自己没有理想，所以自己的行为便翻来覆去，自己的言论便常露出矛盾的现象。女人们都要争妇女地位，反对纳妾，可是有多少受高等教育的女子们，愿意去做大官阔贾的"夫人"，只要"如"字不要，便可以自欺欺人。她们反对男子纳妾，自己却甘心做妾。还有许多政客官僚，为自己的地位与权力，忘记了他们平日的主张，在威迫利诱之下，便不顾一切，去干卖国卖群的勾当。"五四"时代热心青年中间不少是沉沦了的，这里我也不愿意多说了。

　　以上所讲的几点，不是说我们的民族中间都已有了这些特征，只是为要提醒我们，教大家注意一下。我们不要想着亡了国是和古时换了一个朝代一样。现代的亡国现象，决不是换朝代，是在种族上被烙上奴隶的铁印，子子孙孙永远挣扎不起来。在异族统治底下，上头所举的几个劣根性，要特别地被发展起来。颓废的生活，自我的享受，成为一般亡国民族的生活型。因为在生活的，进展的机会上，样样是被统制了的。第一是学术统制。近代的国家，感觉到将来的战争会趋于脑力高下的争斗，凡有新知识，已经秘藏了许多。去外国留学已不如从前，那么容易得人家的高深学问，将来可以料想得到，除掉街头巷尾可以买得到的教科书以外，稍为高等和专门一点的书籍，恐怕也要被统制起来，非其族人，决不传授。这样的秦皇政策，我恐怕在最近就会渐渐施行起来的。学力比人差，当然得死心塌地地受人家支配，做人家的帮手。第二是职业会受统制。就使你有同等学力与经验，在非我族类的原则底下，你是不能得到相当的职业的。有许多事业，人家决不会让你去做。一个很重要的机关，你当然不能希望进得去那门槛。就是一件普通的事业，也得尽先用自己的人，这样你纵然有很大的才干，也是没有机会发展出来了。第三是经济的统制。在奴主关系民族中间，主民族的生活待遇不用说是从奴民族榨取的。所以后者所受的待遇决不能比前者好。主人吃的是肉，狗啃的是骨头，是永世不易的公例。经济能力由于有计划的统制，越来便会越小，越小就越不敢生育。纵使生育子女，也没有力量养育他们，这样下去，民族的生存便直接受了影响。数百年后，一个原先繁荣的民族，就会走到被保存的地步。我很怕将来的中华民族也会像美洲的红印第安人一样，被划出一个地方，作为民族的保存区域，留一百几十万人，作为人类过去种族与一种文化民族遗型，供人家的学者来研究。三时五时到那区域去，看看中国人怎样用毛笔画小鸟，写草字，看看中国人怎样拜祖先和打麻雀。种种色色，我不愿意再往下说了。我只要提醒诸位，中国的命运是在青年人手里。青年现在不努力挣扎，将来要挣扎就没有机会了。将来除了用体力去换粥水以外，再也不能有什么发展了。我真是时时刻刻为中国的前途捏一把冷汗。

青年节本不是庆祝的性质，我们不是为找开心来的。我们要在这个时节默想我们自己的缺点，与补救的方法。我们当为将来而努力，回想过去，乃是帮助我们找寻新路径的一个方法。所以青年节对于我们是有意义的。若是大家不忘记危亡的痛苦，大家努力向前向上，大家才配纪念这个青年节。我们可以说"五四"过去的成绩，是与现在的青年没有关系的。我们今后的成绩，才与现在青年节有关系。

创作的三宝和鉴赏的四依

雁冰，圣陶，振铎诸君发起创作讨论，叫我也加入。我知道凡关于创作的理论他们一定说得很周到，不必我再提起，我对于这个讨论只能用个人如豆的眼光写些出来。

现代文学界虽有理想主义（Idealism）和写实主义（Realism）两大倾向，但不论如何，在创作者这方面写出来的文字总要具有"创作三宝"才能参得文坛的上禅。创作的三宝不是佛、法、僧，乃是与此佛、法、僧同一范畴的智慧、人生和美丽。所谓创作三宝不是我的创意，从前西欧的文学家也曾主张过。我很赞许创作有这三种宝贝，所以要略略地将自己的见解陈述一下。

（一）智慧宝

创作者个人的经验，是他的作品的无上根基。他要受经验的默示，然后所创作的方能有感力达到鉴赏者那方面。他的经验，不论是由直接方面得来，或者由间接方面得来，只要从他理性的评度，选出那最玄妙的段落——就是个人特殊的经验有裨益于智慧或识见的片段——描写出来。这就是创作的第一宝。

（二）人生宝

创作者的生活和经验既是人间的，所以他的作品需含有人生的元素。人间生活不能离开道德的形式。创作者所描写的纵然是一种不道德的事实，但他的笔力要使鉴赏者有"见不肖而内自省"的反感，才能算为佳作。即使他是一位神秘派、象征派，或唯美派的作家，他也需将所描那些虚无缥缈的，或超越人间生活的事情化为人间的，使之和现实或理想的道德生活相表里。这就是创作的第二宝。

（三）美丽宝

美丽本是不能独立的，他要有所附丽才能充分地表现出来。所以要有乐器、歌喉、才能表现声音美；要有光暗、油彩，才能表现颜色美；要有绮语、丽词，才能表现思想美。若是没有乐器，光暗，言文等，那所谓美就无着落，也就不能存在。单纯的文艺创作——如小说、诗歌之类——的审美限度只在文字的组织上头；至于戏剧，非得具有上述三种美丽不可。因为美有附丽的性质，故此，列它为创作的第三宝。

虽然，这三宝也是不能彼此分离的。一篇作品，若缺乏第二、第三宝，必定成为一种哲学或科学的记载；若是只有第二宝，便成为劝善文；只有第三宝，便成为一种六朝式的文章。所以我说这三宝是三是一，不能分离。换句话说，这就是创作界的三位一体。

已经说完创作的三宝，那鉴赏的四依是什么呢？佛教古德说过一句话："心如工画师，善画诸世间。"文艺的创作就是用心描画诸世间的事物。冷热诸色，在画片上本是一样地好看，一样地当用。不论什么派的画家，有等善于用热色，喜欢用热色；有等善于用冷色，喜欢用冷色。设若鉴赏者是喜欢热色的，他自然不能赏识那爱用冷色的画家的作品。他要批评（批评就是鉴赏后的自感）时，必须了解那主观方面的习性、用意和手法才成。对于文艺的鉴赏，亦复如是。

现在有些人还有那种批评的刚愎性，他们对于一种作品若不了解，或不合自己意见时，不说自己不懂，或说不符我见，便尔下一个强烈的否定。说这个不好，那个不妙。这等人物，鉴赏还够不上，自然不能有什么好批评。我对于鉴赏方面，很久就想发表些鄙见，现在因为讲起创作，就联到这问题上头。不过这里篇幅有限，不能容尽量陈说，只能将那常存在我心里的鉴赏四依提出些少便了。

佛家的四依是："依义不依语；依法不依人；依智不依识；依了义经不依不了义经。"鉴赏家的四依也和这个差不多。现时就在每依之下说一两句话——

（一）依义

对于一种作品，不管他是用什么方言，篇内有什么方言参杂在内，只要令人了解或感受作者所要标明的义谛，便可以过得去。鉴赏者不必指摘这句是土话，那句不雅驯，当知真理有时会从土话里表现出来。

（二）依法

须要明了主观——作者——方面的世界观和人生观，看他能够在艺术作品上充分地表现出来不能，他的思想在作品上是否有系统。至于个人感情需要暂时搁开，凡有褒贬不及人，不受感情转移。

（三）依智

凡有描写不外是人间的生活，而生活的一段一落，难保没有约莫相同之点，鉴赏者不能因其相像而遂说他是落了旧者窠臼的。约莫相同的事物很多，不过看创作者怎样把他们表现出来。譬如一件很平常的事情，在常人视若无足轻重，然而一到创作者眼里便能将自己的观念和那事情融化，经他一番地洗染，便成为新奇动听的创作。所以鉴赏创作，要依智慧，不要依赖一般识见。

（四）依了义

有时创作者的表现力过于超迈，或所记情节出乎鉴赏者经验之外，那么，鉴赏者须在细心推究之后才可以下批评。不然，就不妨自谦一点，说声，"不知所谓，不敢强解。"对于一种作品，若是自己还不大懂得，那所批评的，怎能有彻底的论断呢？

总之，批评是一种专门工夫，我也不大在行，不过随缘诉说几句罢了。有的人用批八股文或才子书的方法来批评创作，甚至毁誉于作者自身。若是了解鉴赏四依，哪会酿成许多笔墨官司！

礼俗与民生

礼俗是合礼仪与风俗而言。礼是属于宗教的及仪式的，俗是属于习惯的及经济的。风俗与礼仪乃国家民族的生活习惯所成，不过礼仪比较是强迫的，风俗比较是自由的。风俗的强迫不如道德律那么属于主观的命令，也不如法律那样有客观的威胁，人可以遵从它，也可以违背它。风俗是基于习惯，而此习惯是于群己都有利，而且便于举行和认识。我国古来有"风化""风俗""政俗""礼俗"等名称。风化是自上而下言；风俗是自一社团至一社团言；政俗是合法律与风俗言；礼俗是合道德与风俗言。被定为唐朝书的《刘子风·俗篇》说，"风者，气也；俗者，习也。土地水泉，气有缓急，声有高下，谓之风焉。人居此地，习以成性，谓之俗焉。风有薄厚，俗有淳浇，明王之化，当称风使之雅；易俗使之正。是以上之化下，亦为之风焉。民习而行，亦为之俗焉。……"我国古说以礼俗是和地方环境有密切关系的，地方环境实际上就是经济生活。所以，风俗与民生有相因而成的关系。

人类和别的动物不同的地方，最显然的是他有语言、文字、衣冠和礼仪。礼仪是社会的产物，没有社会也就没有礼仪风俗。古代社会几乎整个生活是礼仪风俗捆绑住，所谓"礼仪三百，成仪三千"，是指示人没有一举一动是不在礼仪与习俗里头。在风俗里最易辨识的是礼仪。它是一种社会公认的行为，用来表示精神的与物质的生活的象征、行为的警告和危机的克服。不被公认的习惯，便不是风俗，只可算为人的或家族的特殊行为。

生活的象征。所谓生活的象征，意思是我们在生活上有种种方面，如果要在很短的时间把它们都表现出来，那是不可能的。不得已，就得用身体的动作表示出来。如此，有人说，中国人的"作揖"，是种地时候，拿锄头刨土的象征行为。古时两个人相见，彼此的语言不一定相通，但要表示友谊时，便作彼此生活上共同的行为，意思是说，"你要我帮忙种地，我很喜欢效劳。"朋友本有互助的情分，所以这刨土的姿势，便成表现友谊的"作揖"了。又如欧洲人"拉手或顿手"与中国的"把臂"有点相同，不过欧洲的文化是从游牧民族生活发展的，不像中国作揖是从农业文化发展的，拉手是象征赶羊入圈的互助行为。又如，中国的叩头礼，原是表示奴隶对于主人的服从；欧洲的脱帽礼原是武士入到人家，把头盔脱下，表示解除武装，不伤官人的意思。这些都是生活的象征。

行为的警告。依据生活的经验，凡在某种情境上不能做某样事，或得做某样事，于是用一种仪式把它表示出来。好像官吏就职的宣誓典礼，是为警告他在职位时候应尽忠心，不得做辜负民意的事情。又如西洋轮船下水时，要行掷香槟酒瓶礼，据说是不要船上的水手因狂饮而误事的意思。又如古代社会的冠礼，多半是用仪式来表示成年人在社会里应尽的义务，同时警告他不要做那违抗社会或一个失败的人。

危机的克服。人在生活的历程上，有种种危机。如生产的时候，母子的性命都很危险。这危险的境地，当在过得去与过不去之间，便是一个危机。从旧生活要改入新生活的时期，也是一个危机。如社会里成年的男女，在没有结婚的时候，依赖父母家长，一到结婚时候，便要从依赖的生活进入独立的生活，在这个将入未入的境地，也是生活的一个危机。因所要娶要嫁的男女在结合以后，在生活上能否顺利地过下去，是没有把握的。又如家里的主人就是担负一家经济生活的主角，一旦死了，在这主要的生产者过去，新的主要生产者将要接上的时候，也是一个危机。过年过节，是为时间的进行，于生产上有利不利的可能，所以也是一种危机。风俗礼仪由巫术渐次变成，乃至生活方式变迁了，仍然保留着，当做娱乐日，或休息日。

礼俗与民生的关系从上说三点的演进可以知道。生活上最大的四个阶段是生，冠，婚，丧。生产的礼俗现在已渐次消灭了。女人坐月、三朝洗儿、周岁等，因生活形式改变，社会组织更变，知识生活提高，人也不再找这些麻烦了。做生日并不是古礼，是近几百年，官僚富家借此夸耀及收受礼物的勾当，我想这是应当禁止的。冠礼也早就不行了。在礼仪上，与民生最有关系的是婚礼与丧礼。这两礼原来会有很重的巫术色彩，人试要用巫术把所谓不祥的境遇克服过来。现在拿婚礼来说，照旧时的礼仪，新娘从上头、上轿，乃至三朝回门，层层节节，都有许多禁忌，许多迷信的仪式，如像新娘拿镜子、新郎踢轿门、闹新人等等，都含有巫术在内。说到丧礼，迷信行为更多，因为人怕死鬼，所以披麻、变形，神主所以点主，后来生活进步，便附上种种意义，人因风习也就不问而随着做了。

今天并不是要讲礼俗之起源，只要讲我们应当怎样采用礼仪，使它在生活上有意思而不至于浪费时间、金钱与精神。礼仪与风俗习惯是人人有的，但行者需顾到国民的经济生活。自入民国以来，没工夫顾到制礼作乐，变服剪发，乃成风俗，不知从此例的没顾到国民的经济与工业，以致简单纽扣一项，每年不知向外买入多少，有的矫枉过正，变本加厉，只顾排场，不管自己财力如何，有的甚至全盘采取西礼。要知道民族生存是赖乎本地生活上传统的习惯和理想，如果全盘采用别人的礼仪风俗，无异自己毁灭自己，古人说要灭人国，得先灭人的礼俗，所以婚丧应当保留固有的，如其不便，可从简些。风俗礼仪凡与我生活上没有经验的，可以不必去学人家，像披头纱、拿花把，也于我们没有意义，为何要行呢？至于贺礼，古人对于婚丧在亲友分上，本有助理之分，不过得有用，现在人最没道理的是送人银盾，丧礼的幛，甚至有子送终父母的，也是男用女语女用男语的，最可笑的，有个殡仪，幛上写着"川流不息"！这又是乱用了。丧礼而张灯结彩，大请其客，也是不应该的，婚礼有以"文凭"为嫁妆扛着满街游行的，这也不对。

故生活简单，用钱的机会少，所以一旦有事，要行繁重的仪式，但也得依其人之经济与地位而行，不是随意的。又生产方式变迁，礼俗也当变，如丧礼在街游行，不过是要人知道某人已死，而且是个好人，因城市上人个个那么忙，谁有心读个人的历史呢？礼仪与民生的关系至密切，有时因习俗所驱，有人弄到倾家荡产，故当局者应当提倡合乎国民生活与经济的礼俗，庶几乎不教固有文化沦丧了。

老鸦咀

　　无论什么艺术作品，选材最难，许多人不明白写文章与绘画一样，善于描写禽虫的不一定能画山水，善于描写人物的不一定能写花卉，即如同在山水画的范围内，设色、取景、布局，要各有各的心胸才能显出各的长处，文章也是如此。有许多事情，在甲以为是描写的好材料，在乙便以为不足道，在甲以为能写得非常动情，在乙写来，只是淡淡无奇，这是作者性格所使然，是一个作家首应理会的。

　　穷苦的生活用颜色来描比用文字来写更难，近人许多兴到农村去画什么饥荒、兵灾，看来总觉得他们的艺术手段不够，不能引起观者的同感，有些只顾在色的渲染，有些只顾在画面堆上种种触目惊心的形状，不是失于不美，便是失于过美。过美的，使人觉得那不过是一幅画；不美的便不能引起人的快感，哪能成为艺术作品呢？所以《流民图》一类的作品只是宣传画的一种，不能算为纯正艺术作品。

近日上海几位以洋画名家而自诩为擅汉画的大画师、教授，每好作什么英雄独立图、醒狮图、骏马图。"雄鸡一声天下白"之类，借重名流如蔡先生褚先生等，替他们吹嘘，展览会从亚洲开到欧洲，到处招摇，有失画家风格。我在展览会见过的马腿，都很像古时芝拉夫的鸡脚，都像鹤膝，光与体的描画每多错误，不晓得一般高明的鉴赏家何以单单称赏那些，他们画马、画鹰、画公鸡给军人看，借此鼓励鼓励他们，倒也算是画家为国服务的一法。如果说"沙龙"的人都赞为得未曾有的东方画，那就失礼了。

当众挥毫不是很高尚的事，这是走江湖人的伎俩。要人信他的艺术高超，所以得在人前表演一下。打拳卖膏药的在众人围观的时节，所演的从第一代祖师以来都是那一套。我赴过许多"当众挥毫会"，深知某师必画鸟，某师必画鱼，某师必画鸦，样式不过三四，尺寸也不过五六，因为画熟了，几撇几点，一题，便成杰作，那样，要好画，真如煮沙欲其成饭了，古人雅集，兴到偶尔，就现成纸帛一两挥，本不为传，不为博人称赏，故只字点墨，都堪宝贵，今人当众大批制画，伧气满纸，其术或佳，其艺则渺。

画面题识，能免则免，因为字与画无论如何是两样东西，借几句文辞来烘托画意，便见作者对于自己艺术未能信赖，要告诉人他画的都是什么，有些自大自满的画家还在纸上题些不相干的话，更是噱头。古代杰作，都无题识，甚至作者的名字都没有。有的也在画面上不相干的地方，如树边石罅、枝下等处淡淡地写个名字，记个年月而已。今人用大字题名题诗词、记跋、用大图章，甚至题占画面十分之七八，我要问观者是来读书还是读画？有题记瘾的画家，不妨将纸分为两部分，一部作画，一部题字，界限分明，才可以保持画面的完整。

近人写文喜用"三部曲"为题，这也是洋八股。为什么一定要"三部"？作者或者也莫名其妙，像"憧憬"是什么意思，我问过许多作者，除了懂日本文的以外，多数不懂，只因为人家用开，顺其大意，他们也跟着用起来，用三部曲为题的恐怕也是如此。

海世间

　　我们的人间只有在想象或淡梦中能够实现罢了。一离了人造的海上社会，心里便想到此后我们要脱离等等社会律的桎梏，来享受那乐行忧违的潜龙生活。谁知道一上船，那人造人间所存的受、想、行、识，都跟着我们入了这自然的海洋！这些东西，比我们的行李还多，把这一万二千吨的小船压得两边摇荡。同行的人也知道船载得过重，要想一个好方法，教它的负担减轻一点，但谁能有出众的慧思呢？想来想去，只有吐些出来，此外更无何等妙计。

　　这方法虽是很平常，然而船却轻省得多了。这船原是要到新世界去的哟，可是新世界未必就是自然的人间。在水程中，虽然把衣服脱掉了，跳入海里去学大鱼的游泳，也未必是自然。要是闭眼闷坐着，还可以有一点勉强的自在。

船离陆地远了，一切远山疏树尽化行云。割不断的轻烟，缕缕丝丝从烟筒里舒放出来，慢慢地往后延展。故国里，想是有人把这烟揪住吧。不然就是我们之中有些人的离情凝结了，乘着轻烟家去。

呀！他的魂也随着轻烟飞去了！轻烟载不起他，把他摔下来。堕落的人连浪花也要欺负他，将那如弹的水珠一颗颗射在他身上。他几度随着波涛浮沉，气力有点不足，眼看要沉没了，幸而得文鳐的哀怜，展开了帆鳍搭救他。

文鳐说："你这人太笨了，热火燃尽的冷灰，岂能载得你这焰红的情怀？我知道你们船中定有许多多情的人儿，动了乡思。我们一队队跟船走，又飞又泳，指望能为你们服劳，不料你们反拍着掌笑我们，驱逐我们。"

他说："你的话我们怎能懂得呢？人造的人间的人，只能懂得人造的语言罢了。"

文鳐摇着他口边那两根短须，装作很老成的样子，说："是谁给你分别的，什么叫人造人间，什么叫自然人间？只有你心里妄生差别便了。我们只有海世间和陆世间的分别，陆世间想你是经历惯的，至于海世间，你只能从想象中理会一点。你们想海里也有女神，五官六感都和你们一样。戴的什么珊瑚、珠贝，披的什么鲛纱、昆布。其实这些东西，在我们这里并非稀奇难得的宝贝。而且一说人的形态便不是神了。我们没有什么神，只有这蔚蓝的盐水是我们生命的根源。可是我们生命所从出的水，于你们反有害处。海水能夺去你们的生命。若说海里有神，你应当崇拜水，毋需再造其他的偶像。"

他听得呆了，双手扶着文鳐的帆鳍，请求他领他到海世间去。文鳐笑了，说："我明说水中你是生活不得的。你不怕丢了你的生命么？"

他说："下去一分时间，想是无妨的。我常想着海神的清洁、温柔、娴雅等等美德；又想着海底的花园有许多我不曾见过的生物和景色，恨不得有人领我下去一游。"

文鳐说："没有什么，没有什么，不过是咸而冷的水罢了，海的美丽就是这么简单——冷而咸。你一眼就可以望见了。何必我领你呢？凡美丽的事物，都是这么简单的。你要求它多么繁复、热烈，那就不对了。海世间的生活，你是受不惯的，不如送你回船上去吧。"

那鱼一振鳍，早离了波阜，飞到舷边。他还舍不得回到这真是人造的陆世界来，眼巴巴只怅望着天涯，不信海就是方才所听情况。从他想象里，试要构造些海底世界的光景。他的海中景物真个实现在他梦想中了。

劳动的究竟

　　要问劳动的究竟在哪里，就得先问人生的究竟到底是什么？我知道些个问题因着个人不同的意见，定要发出许多相异的回答。若是照愚见，可就要抱"安乐"这两个字拿来做答案了。何以故呢？因为一切生物都是向着安静娱乐那方面迈步，遇着不得已的情形才肯冒险、奋斗和劳动。在平常的日子虽然会发生好些冒险、奋斗和劳动的事实，但是从根本研究起来还是离不了为将来的安乐的预备。人性好安乐更是不可逃的事实。我一用功念书，就有好些朋友问我："你不累吗？"我一动手工作，也就有人问我："你为什么不觉得累呢？……那是快活事吗？"问人家"累不累"是表明哀悯别人过于劳动的

意思，所以说，人类生来就好安乐是定然的。写到这里，可
又发生许多冲突的问题，就是：人类生来既然是好安乐，为
什么亘东、西、南、北，过去、现在的人都以勤劳为道德的
义务呢？为什么社会不赞美安逸和怠惰呢？这问题是不难回
答的，我们往后研究一下就可以解决了。

原来我们寄身在这微尘似的天体上面，它的自身是常动
不息的。它要动身才能支持它在太空里的位置，由它的动而
生的力就激刺一切的生物教它们不能不动。所以人也要动才
能在这天体上面站得住。人类一方面受自然的影响，一方面
又要求自己的安乐，因此不能不想方法去调和两方面的冲突，
结果就生出一种"欲逸先劳"的道德观念来。我们当然会吃，
不会做人做"行尸"，也是看人在世间不适应自然的势力，像
死体一般地不会动作是不成的。说到适应的话，除了用劳力
去整理，去争战，可就没有别的方法了。

整理自然力，和与自然力角胜负，为的是什么呢？是想要
得着一个主宰的地位，想在宇宙内得着一切的享受。有享受
才有安乐，战胜一分自然力就是得着一分的享受。因此可以
说劳动是得着安乐的手段。但是自然非常之大，集合人类全
体劳动的气力来和它比一比，简直以扶摇风和蚊蚋的呼吸相
较一般。"一劳永逸"的工作方法是骗人的说话，是教我们安
于懈怠的动原。因为我们用尽九牛二虎的力量才能够在这动

的天体上面取得一点享受，算来还不及那无漏的安乐的万一咧。围绕我们的安乐既然那么大，故此得它的手段也得常常用。简单说一句：自然力无限，我们的劳动也不息。

我们既以劳动为取得安乐的手段，就可以说不劳动则无安乐，也可以说劳动与安乐是相因依的。从前对于劳动的见解，以为要两手执着工具去工作才能算为劳动；就是劳动问题也是局限于制造厂的工人待遇、工资和工作时间的问题。但是现在的劳动问题扩大了，或用心力或体力去和自然界斗争的都可以算作劳动家。日日和我们接近的人——除了行尸以外——都可用"劳动家"的徽号来给他们。因为劳动家的种类不同，劳动的形式复杂，人类现在又没有通天晓地的本领，所以各人要尽自己的能量（Capacity）向各方面去发展他的工作，为的是要教人类的全体能够速速地得着几分安乐。

有人问："人类的劳动既是要得着安乐，那么，安乐是在劳动的时候能够同时得着的呢？是在劳动以后才能得着呢？若说同时可以得着安乐罢，又不大见得；若说在劳动以后才能得着吧，在个人的享受又很有限，何必苦苦地去求它呢？"我要回答说：在劳动的时间里头本来可以得着快乐，而劳动以后所得的是安心。我们要注意的不是劳动以后的安心，乃是与劳动同时发生的快乐，因为教劳动家在劳动时间内感受快乐是很要紧的。现在的人在劳动的时候没有十分大的快感的缘故，是因为他们的劳动是奴隶的，不是主人的；是机械的，不是灵智的。精神身体两方面受人支配的劳动家，用力去挣脱苦痛的束缚还怕不能支持得住，那所谓安乐的感觉自然是没有的。

机械的劳动是什么呢？好像大制造厂里头的工人，有些整天只是安螺丝钉的，有些整天只是在每块木板上钻几个窟窿的，天天是这样，月月是这样，必定会发生不耐烦的心事，见着劳动就厌恶起来。有这样的现象，纵然减少劳动的时间，增加工资，也不能鼓励他们，教他们对于所做的工作有充分的热忱和快感。

要使劳动者对于制造厂的工作发生快感是很难的。要改革制造厂的制度，教他没有分工的趋向，也是办不到的。所能做的事情，除了减少机械的劳动，增加灵智的劳动以外，没有更好的方法。灵智的劳动就是教工人在应该做的事情以外有得着发展智力的机会，借此养成他们的创造力。由创造的劳动那方面去着想，工人才能觉得他们工作愉快。因为创造是可乐的，工人对着由他们的创造力所得劳动的产物，满可以安慰他们，减少他们那种机械的劳动的痛苦。

养成工人的创造力的办法，最好是在每星期内用数小时的工夫将工人应具的常识讲给他们听，教他们的头脑因此清楚一点。至于给他们有灵智的劳动的机会这一层，可以量才让他们共同管理厂内等等的事务；对于有创造力的工人可以让给他们或是借给他们应用的工具和材料，或是教他们自己组织一个灵智劳动的团体，在那里头供给一切应用的东西，就不致于侵害到厂里资财。这样办起来，劳动者必不会觉得他们的工作所有的痛苦，而且要当工作是一件快乐的事。卖力的人和买力的人冲突也可以减少了。

以上几段话是专指着制造厂的劳动家说。其余的人因为劳动的形式不同，所以对待的方法也不能一样。大概在制造厂以外的劳动者比较容易感受快乐，也不必特别地替他们打什么算盘。此外可以说的还有灵智的制造厂——学校——的劳动问题：

现在的学校——中等教育以下居多——待遇学生有些地方和旧式的制造厂待遇工人的方法差不多。即如每日的功课几乎全是用脑的，至于注意身手的发达到底是很少，纵然有，也不过是一星期有四五时的体操和手工——体操不能算为正式的劳动——还有些地方连手工也没有的。这样多用脑力的结果也是会变成机械的劳动，至终教学生感受痛苦的。普通的学生常不喜欢兵式体操，也是因为这样的操法含有机械性的缘故。所以我们要想方法去增加学生在课内课外的灵智的劳动，和减少别的不关紧要的课程，教他们对于劳力所得的出品能够快快活活地享受。如果照着这样行，一定要比那有规则的体操和形式的手工还要强得多多哪。

　　总之，我们对于等等劳动的见解，必要看看它做创造的和灵智的；而劳动的自身就是得着安乐的手段，在劳动的进行时也可以得着愉快。凡没有创造和灵智的能力的劳动，须要排斥它。那么，在劳动的时候虽然肉体上有时觉得不舒服，也不能因此就失掉快乐，而且会鼓励他在越困难的时候有劳动的精神。就是他自己暂时不能得安乐，也可以教他想着他的劳动是为公众的福利起见的。他看见众人得着安乐，也就把劳动的困难忘记了。

　　再结一句说：劳动的究竟是要得着安乐，而安乐又是随时伴着劳动而生的。记得番禺林伯桐先生的话："人生未必有不求乐者；以乐为乐，非知乐者也；以忧为乐，非可乐者也；乐之实在于能劳。……今夫农夫作劳，人人所知。当其耕耘，暑雨不敢避，饥渴不暇顾，其劳至矣。然计日以待其所劳劳者，未几而苗矣，而秀矣，而实矣。服田力劳，乃亦有秋则乐矣。岁晚务间，役车其休，诵蟋蟀之诗，歌瓠叶之章，则乐不可支矣。彼草之宅，禽之飧不能与良农同此乐者，由其不昏作劳耳……"念这几句话，我们更可以理会劳动的究竟在一切的事情上头都是如此的。

中国美术家的责任

美术家对于实际生活是最不负责任的。我在此地要讲美术家的责任，岂不是与将孔雀来拉汽车同一样的滑稽！但我要指出的"责任"，并非在美术家的生活以外，乃是在他们的生活以内的事情。

一个木匠，在工作之先，必须明白怎样使用他的工具，怎样搜集他的材料和所要制造的东西的意义，然后可以下手。美术家也是如此，他的制作必当含有方法，材料，目的，三样要素。艺术的目的每为美学家争执之点，但所争执的每每离乎事实而入于玄想。有许多人以为美的理想的表现便是艺术的目的，这话很可以说得过去，但所谓美的理想是因空间和时间的不同而变异的。空间不同，故"艺术无国界"的话不能尽确。时间不同，故美的观念不能固定。总而言之，即凡艺术多少总含着地方色彩和时代色彩，虽然艺术家未尝特地注意这两样而于不知不觉中大大影响到他的作品上头，是一种不可抹杀的事实。

我国艺术从广义说，向分为"技艺"与"手艺"二种。前者为医、卜、星、相、堪舆、绘画；后者为栽种、雕刻、泥作、木作、银匠、金工、铜匠、漆匠，乃至皮匠、石匠等等手工都是。这自然是最不科学的分法，可是所谓"手艺"，都可视为"应用艺术"，而技艺中的绘画即是纯粹艺术。

中国的纯粹艺术有绘画、写字，和些少印文的镌刻。故"美术"这两个字未从日本介绍进来之前，我们名美术为金石书画。但纯粹艺术是包含歌舞等事的。故我们当以美术为广义的艺术，而艺术指绘画等而言。

我国艺术，近年来虽呈发达的景象，但从艺术的气魄一方面讲起来，依我的知识所及，不但不如唐五代的伟大，即宋元之靡丽亦有所不如。所谓"艺术的气魄"，就是指作品感人的能力和艺术家的表现力。这缘故是因为今日的艺术家只用力于方法上头，而忽略了他们所住的空间和时间。这个毛病还可以说不要紧，更甚的是他们忘记我们祖宗教给他们的"笔法"。一国的艺术精神都常寓在笔法上头，艺术家都把它忽略了。故我们今日没有伟大的作品是不足怪的。

世间没有一幅画是无意义，是未曾寄写作者的思想的。留学于外国的艺术家运笔方法尽可以完全受别人的影响，但运思方法每不能自由采用外国的理想。何以故？因为各国人，都有各自的特别心识，各自的生活理想，各自的生活问题。艺术家运用他的思想时，断不能脱掉这三样的限制。这三样也就是形成"国性"和"国民性"的要点。今日的艺术思想好像渐趋一致，其缘故有二：一因东西的交通频繁，在运笔的方法上，西洋画家受了东洋画家的教训不少；二因近数十年来，世界里没有一国真实享了康乐的幸福，人民的生活都呈恐慌和不安的状态，故无论哪一国的作品，不是带着悲哀狂丧的色调，便是含着祈求超绝能力的愿望。可是从艺术家的内部生活看起来，他们所表现的"国性"或"国民性"仍然存在。如英国画家，仍以自然美的描写见长，盎格卢撒克逊人本是自然的崇拜者，故他们的画派是自然的、写实的，"诚实的表现"便是他们的笔法，故英国画仍是很率直，不喜欢为抽象的或戏剧的描写。拉丁民族，比较地说，是情绪的。法国画在过去这半世纪中，人都以它的印象派为新艺术的冠冕，现在的人虽以它为陈腐，为艺术史上的陈迹，但从它流衍下来的许多派别多少还含着祖风。印象派诚然是拉丁新艺术的冠冕，故其所流衍下来的诸派不外是要尽量地将个人的情绪注入自然现象里头。反对自然主义是现代法国画派的特彩。因为拉丁的民族性使他们不以描写自然为尚，各人只依自己所了解的境地描写，即所谓自由主义和自表主义。此外如条顿民族的注重象征主义，虽以近日德国画家致力于近代主义，而其象征的表现仍不能免。这都是因为各国的生活问题和理想不同所致。

艺术理想的传播比应用艺术难。我们容易乐用西洋各种的美术工艺品，而对于它的音乐跳舞和绘画的意义还不能说真会鉴赏。要鉴赏外国的音乐比外国的绘画难，因为音乐和语言一样，听不懂就没法子了解。绘画比较地容易领略，因为它是记在纸上或布上的拂姿势，用拂来表示情意是人类所共有，而且很一致，如"是"则点头，"否"则摇头，"去"则撒手，"来"则招手，等等，都是人人所能理会的。近代艺术正处在意见冲突的时代，因为东亚的艺术理想输入西欧，西欧的艺术方法输入东亚，两方完全不同的特点，彼此都看出来了。近日西洋画家受日本画的影响很大，但他们并不是像十几年前我们的画家所标题的"折中画派"。这一点是我们应当注意的，他们对于东洋画的研究，在原则方面比较好奇心更大，故他们的作品在结构上或理想上虽间或采用东洋方法，而其表现仍带着很重的地方色彩和国性。

我国绘画的特质就是看画是诗的，是寄兴的。在画家的理

想中每含着佛教和道家的宗教思想，和儒家的人生观。因为纯
粹的印度思想不能尽与儒家融合，故中国的佛教艺术每以印
度的神秘主义为里而以儒家的实际的人生主义为表。这一点，
我们可以拿王摩诘，吴道子和李龙眠的作品出来审度一下，就
可以看出来。"诗"是什么呢？就是实际生活与神秘感觉的融
合的表现。这融合表现于语言上时，即是诗歌词赋；表现于声
音上，即为音乐；表现在动作上，即为舞蹈戏剧；表现于色
和线上，即是绘画。所以我们叫绘画为"无声诗"，我们古代
的画家感受印度思想，在作品的表面上似乎脱了神秘的色彩，
而其思想所寄，总超乎现实之外。故中国画之理想，可以简
单地说，即是表现自然世界与理想生活的混合。在山水画中，
这样的事实最为显然。画家虽然用了某座名山、某条瀑布为
材料，而在画片上尽可以有一峰一石从天外飞来。在画中的
人间生活也是很理想的，看他的取材多属停车看枫、骑驴寻
故、披蓑独钓、倚琴对酌，等等不慌不忙的生活。画家以此
抒其情怀，以此写其感乐，故虽稍微入乎理想，仍不失为实
际生活的表现。我国的绘画理想既属寄兴，故画家多是诗人，
画片上可以题诗；故画与诗只有有声和无声的差别。我想这
一点就是我们的理想中，"画工"和"画家"不同的地方。我
希望今日的画家负责任去保存这一个特点。

今日的画家竞尚西洋画风，几乎完全抛弃我们固有的技

能，是一种很可伤心的事。我不但不反对西洋画，并且要鼓励人了解西洋画的理想，因为这可以做我们的金锉。我国绘画的弊端，是偏重"法则"，或"家法"方面，专以仿拟摹临为尚，而忽略了个性表现，结果是使艺术落于传统的圈套，不能有所长进。我想只有西洋的艺术思想可以纠正这个方家或法家思想的毛病。不过囫囵的模仿西洋与完全固守家法各都走到极端，那是不成的。我们当复兴中国固有的画风，汉画与西洋画都是方法上的问题，只要作品，不论是用油用水，人家一见便认出是中国人写的那就可以了。

我觉得我国自古以来便缺乏历史画家。我在十几年前，三兄敦谷要到日本的时候便劝他致力于此。但后来我们感觉得有一个绝大的原因，使我们缺乏这等重要的画家，就是我们并没注意保存历史的名迹及古代的遗物。间或有之，前者不过为供"骚人""游客"之流连，间或毁去重建，改其旧观，自北京的天宁寺，而武昌的黄鹤楼，而广州的双门，等等，等等，改观的改观，毁拆的毁拆，伤心事还有比这个更甚的么？至于古代彝器的搜集，多落于豪贵之户，未尝轻易示人，且所藏的范围也极狭隘，吉金，乐石，戈镞，帛布以外，罕有及于人生日用的品物，纵然有些也是真赝杂厕，难以辨识。于此，我们要知道考古学与历史画的关系非常密切，考古学识不足，即不能产生历史画像。不注意于保存古物古迹，甚至连美术家也不能制作。

我曾说我们以画为无声诗，所以增加诗的情感，唯过去的陈迹为最有力。这点又是我们所当注意的。我们今日没有伟大的作品，是因为画家的情感受损的缘故。试看雷峰一倒，此后画西湖的人的感情如何便知道了。他们绝以不描写哈同的别庄为有兴趣，故知古代建筑的保存和修筑是今日的美术家应负提倡及指导的责任。美术家当与考古家合作，然后对于历史事物的观念正确，然后可以免掉画汉朝人物着宋朝衣冠的谬误。于此我要声明我并非提倡过去主义（经典派或古典派），因为那与未来主义同犯了超乎时代一般的鉴赏能力之外的毛病。未来主义者以过去种种为不善不美，不属理想，然而，若没有过去，所谓美善的情绪及情操亦无从发展。人间生活是连续的。所谓过去已去，现在不住，未来未到，便是指明这连续的生活一向进前、无时休息的。因无休息，故所谓"现在"不能离过去与未来而独存。

我们的生活依附在这傍不住的时间的铁环上，也只能记住过去的历程和观望未来的途径。艺术家的唯一能事便在驾驭这时间的铁环，使它能循那连续的轨道进前，故他的作品当融含历史的事实与玄妙的想象。由前之过去印象与后之未来感想，而造成他现在的作品。前者所以寄情，后者所以寓感，一个艺术家应当寄情于过去的事实，和寓感于未来的想象。于此，有人说，艺术是不顾利害，艺术家只为艺术而制作，不必求其用处。但"为艺术而艺术"的话，直与商人说，"我为经商而经商"，官吏说"我为做官而做官"同一样无意义，艺术家如不能使人间世与自然界融合，则他的作品必非艺术品。但他所寄寓的不但要在时间的铁环，并且顾及生活的轨道上头。艺术家的技能在他能以一笔一色指出人生的谬误或价值之所在，艺术虽不能使人抉择其行为的路向，但它能使人理会其行为的当与不当却很显然。这样看来，历史画自比静物画伟大得多。

末了，我很希望一般艺术家能于我们固有的各种技艺努力。我国自古号为"衣冠文物之邦"，而今我们的衣冠文物如何？讲起来伤心得很，新娘子非西式的白头纱不蒙，大老爷非法定的大礼帽不戴；小姐非钢琴不弹唱，非互搂不舞蹈，学生非英法菜不吃，非"文明杖"不扶！所谓自己的衣冠文物荡然无存。艺术家又应当注意到美术工艺的发展。我们的戏剧，音乐，建筑，衣服等等并不是完全坏，完全不美，完全不适用，只因一般工匠与艺术家隔绝了，他们的美感缺乏，才会走到今日的地步。故乐器的改造，衣服的更拟等等关于日常生活的事物，我们当有相当的贡献，总而言之，国献运动是今日中国艺术家应当力行的，要记得没有本国的事物，就不能表现国性；没有美的事物，美感亦无从表现。大家努力吧。

《解放者》弁言

我不信文章有绝对的好坏。好坏只系在作者的暗示与读者的反应当中。对于一篇作品，除非每个读者的了解相等和思想相近，定不能有相同的评价。所以作者在下笔时当然要立定文心，就是自己思维："我写这篇文字要给谁看"，和"我为什么要写这篇文字"这两个问题。他不要写给文盲者看是一定的，因为不认得字也就毋须读了。他的意想的读者是思想暗、感情暗、意志暗、道德暗的人们；是思想盲、感情盲、意志盲、道德盲的人们；是思想闷、感情闷、意志闷、道德闷的人们。但他不是写自然科学，不是写犯罪学，不是写心理学，不是写恋爱学，不是写社会学，不是写道德学，不是写哲学，乃至不是写任何学术。他只用生活经验来做材料，组织成为一篇文字，试要在个人的生活经验和观察中找寻他的知音者。他不计较所做的成功或失败。他直如秋夏间的鸣虫，生活的期间很短，并没有想到所发的声音能不能永久地存在，只求当时的哀鸣立刻能够得着同情者。他没有派别，只希望能为那环境幽暗者做明灯，为那觉根害病者求方药，为那心意烦闷者解苦恼。作者能做到这地步，目的便达到了。

年来写的不多，方纪生先生为我集成这几篇，劝我刊行，并要我在卷头写几句。自量对于小说一道本非所长，也没有闲情来做文章上的游戏，只为有生以来几经淹溺在变乱的渊海中，愁苦的胸襟蕴怀着无尽情与无尽意，不得不写出来，让自己得着一点慰藉，同时也希望获得别人的同情。如今所作既为一二位朋友所喜，就容我把这小册子献给他们。

二十二年一月 落华生

四十生日述于北京

怡情文学与养性文学

——序太华烈士编译《硬汉》小说集

文学的种类，依愚见，以为大体上可分为两种：一是怡情文学；二是养性文学。怡情文学是静止的，是在太平时代或在纷乱时代的超现实作品。文章的内容基于想象，美化了男女相悦或英雄事迹，乃至作者自己混进自然，忘掉他的形骸。只求自己欣赏，他人理解与否，在所不问。这样的作品多少含有唯我独尊的气概，作者可以当他的作品为没弦琴，为无孔笛。养性文学就不然，它是活动的，是对于人间种种的不平所发出的轰天雷。作者着实地把人性在受窘压的状态底下怎样挣扎的情形写出来，为的是教读者能把更坚定的性格培养出来。在这电气与煤油时代，人间生活已不像往古那么优游，人们不但要忙着寻求生活的资料，并且要时刻预防着生命被人有意和无意地掠夺。信义公理所维持的理想人生已陷入危险的境地。人们除掉回到穴居生活，再把坚甲披起，把锐牙露出以外，好像没有别的方法。处在这种时势底下，人们的精神的资粮当然不能再是行云流水，没弦琴，无孔笛。这些都教现代的机器与炮弹轰毁了。我们现时实在不是读怡情文学的时候，我们只能读那从这样时代产生出来的养性文学。养性文学的种类也可以分出好几样，其中一样是带汗臭的，一样是带膻腥的。因为这类作品都是切实地描写群众，表现得很朴实，容易了解，所以也可以叫作群众文学。

前人为文以为当如弹没弦琴，要求弦外的妙音，当如吹无孔笛，来赏心中的奥义。这只能被少数人赏识，似乎不是群众养性的资粮。像太华烈士所集译的军事小说《硬汉》等篇，实是唤醒国民求生的法螺。作者从实际经验写来，非是徒托空言来向拥书城的缙绅先生献媚，或守宝库的富豪员外乞怜，乃是指导群众一条为生而奋斗而牺牲的道路。所以这种膻腥文学是爱国爱群的人们的资粮，不是富翁贵人的消遣品。富翁贵人说来也不会欣赏像《硬汉》这一类的作品，因为现代的国家好像与他们无关。没有国家，他们仍可以避到世外桃源去弹没弦琴和吹无孔笛。但是一般的群众呢？国家若是没有了，他们便要立刻变成牛马，供人驱策。所以他们没有工大去欣赏怡情文学，他们须要培养他们的真性，使他们具有坚如金刚的民族性。虽在任何情境底下，也不致有何等变动。但是群众文学家的任务，不是要将群众的鲁莽言行激励起来，乃是指示他们人类高尚的言行应当怎样，虽然鲁莽不文，也能表出天赋的性情。无论是农夫，或是工人，或是兵士，都可以读像《硬汉》这样的文艺。他们若是当篇中所记的便是他们同伴或他们自己的事情，那就是译者的功德了。

一九三八年十二月香港

英雄造时势与时势造英雄

在危急存亡的关头容易叫人想到英雄，所以因大风而思猛士不独是刘邦一个人的情绪，在任何时代都是有的。我们的民族处在今日的危机上，希望英雄的出现比往昔更为迫切。但是"英雄"这两个字的意义自来就没有很明确的解释，因此发生这篇论文所标的问题——到底英雄是时势造的呢？还是时势是英雄造的呢？"英雄"这两个字的真义需要详细地分析才能得到。固然我们不以一个能为路边的少女把宝饰从贼人的手里夺回来的人为英雄，可是连这样的小事都不能做的有时候也会受人崇拜。在这里，我们不能不对于英雄的意义划出一个范围来。

古代的英雄在死后没有不受人间的俎豆，崇拜他们为神圣的。照《礼记》祭法的规定，有被崇拜的资格的不外是五种。第一是"法施于民"的；第二是"以死勤事"的；第三是"以劳定国"的；第四是"能御大灾"的；第五是"能捍大患"的。法施于民是件民有所能依着他所给的方法去发展生活，像后稷能殖百谷，后土能平九州，后世的人崇祀他们为圣人。（所谓圣人实际也是英雄的别名。）"以死勤事"是能够尽他的责任到死不放手，像舜死在苍梧之野，鲧死于洪水，也是后世所崇仰的圣人。"以劳定国"是能以劳力在国家危难的时候使它回复到平安的状态，像黄帝、禹、汤的功业一样。御大灾、捍大患，是对于天灾人患能够用方法抵御，使人民得到平安。这些是我们的祖先崇拜英雄的标准。大体说起来，"以死勤事"是含有消极性的；"以劳定国""能御大灾""能捍大患"，也许能用自己的智能，他们是介在消极与积极中间的。唯有"法施于民"的才是真正的圣人，他必须具有超人的智能才成。

看来，我们可以有两种英雄：一是消极的，二是积极的。消极的英雄只是保持已成的现状，使人民过平安的日子，教他们不受天灾人患的伤害，能够在不得已的时候牺牲自己的一切。积极的英雄是能为人群发明或发现新事的新法度，使他们能在停滞的生活中得到进步，在痛苦的生活中减少痛苦，换一句话，就是他能改造世界和增进人间的幸福。今日一般人心目中的英雄多半不是属于第二类，并且是属于第一类中很狭窄的一种，就是说，只有那为保护人民不惜生命的战士才被称为英雄。这种英雄不一定能造时势，甚或为时势所造。因为这类的英雄非先有一个时势排在他面前，不能显出他的本领，所以时势的分量比英雄本身来得重些。反过来说，积极的英雄并不等到人间生活发生什么障碍，才把他制造出来。人们看不到的痛苦，他先看到；人们还没遇到困难，他先想象出来。他在人们安于现成生活的时候为他们创制新生活，使他们向上发展。也许时势造出来的英雄也能达到这个目的，但是可能性很小。

真英雄必定是造时势者。时势被他造得成与不成，于他的英雄本色并无妨碍，事的成败不足为英雄的准度。通常的见解每以为成功者便是英雄，那是不确的。成功或由于机会好。"河无大鱼，小虾称王"，在一个没有特出人才的时境，有小本领便可做大事。这也是时势所造的一种英雄。还有些是偶然的成功，作者本身也梦想不到他会有那么样的成就。他对于自己的事业并没有明了的认识，也没有把握，甚至本来是要保守，到头来却变成革命，因为一般的倾向所归，他也乐得随从。这也是时势所造的一种英雄。还有些是剥削或榨取他人的智力或体力来制造自己的势力和地位。他的成功与受崇敬完全站在欺骗和剥削的黑幕前面。有时自己做不够，还要自己的家人亲戚来帮他做，揽到国家大权，便任用私人，培植爪牙。可怜的是混混沌沌的群众不会裁制他，并不是他真有英雄的本领。这也是时势所造的一种英雄。

我们细细地把历史读一遍，便觉得时势所造的英雄比造时势的英雄更多。这中间有一条很大的道理。我们姑且当造时势的英雄是人间所需求的真英雄，而这种英雄本是天生的。真英雄是超人，但假英雄或拟英雄也许是中人以下的"下人"（Underman）。所谓假英雄是指那班偶然得到意外的成功的投机家而言。所谓拟英雄是指那班被时势所驱遣，迫得去做轰轰烈烈的事业的苦干者而言。所谓下人是对于超人而言。他的智力与体质甚至不及中人。在世间里，中人都很少，超人更谈不上，等到黄河清也不定等得到一个出现。人间最可怜悯的是下人太多，尤其是从下人中产生出来的英雄比较多。这类的英雄若是过多，就于国族有害。怎么讲呢？因为他们没有中人的智力而作超人的权威，自我的意识太重，每持着群众的生命财产智能是为他们的光荣和地位而有的态度。这样损多数人以利少数人的情形便是封建制度。英雄与封建制度本来有密切的关系，但这里应当分别的是古代的封建英雄于其同时的一般群众中确实具有超人的能力，而现代的封建英雄只是靠机缘。哪怕他是乳臭未除，只要家里有人掌大权，他便是了不得的人物。哪怕他智能低劣，只要能够联络权要，他便是群众的领袖。他的方法是利用新闻和金钱来替他鼓吹，甚至神化一个过去的人物来做他的面具。一个人生时碌碌无奇，死后或者会被人当作"民族英雄"来崇拜，其原因多半在此。这类神化的民族英雄实际等于下劣民族的咒物。今日全世界人类的智力平均起来恐怕不及高等小学的程度，所以凡有高一点的知识而敢有所作为的都有做领袖或独裁者的可能。不过这并不是群众的福利。我们讲英雄的事业应当以全世界民众的福利为对象，损人利己固不足道，乃至用发展自己民族的口号去掠夺他民族的土地的也不能算是英雄。今日世界时局的困难多半由于这类的英雄所造成。如果我们缩小范围来讲一下我们的英雄，我们也会觉得有许多是下人中所产出的。他们的要求是金钱与名誉。金钱可以使他们左右时势，若说他们是造时势的英雄，其原动力只是这样，并非智能。名誉使他们享受群众的信仰，欺骗到万古流芳的虚荣。他们的要求既是如此低下，无怪他们只会把持武力，操纵金融，结党营私，持权逐利，毁群众的福利来增益自己。他们只会享受和浪费，并无何等远虑，以善巧方便得到金钱名誉之后，便走到海外去做寓公，将后半生事业付与第二帮民贼。

我们讲到假英雄之多，便想到在人群中是否个个有做英雄的可能。现在人间还是在一个不平等的情况底下过日子。不但是人所享受的不平等，最根本的是智力与体力的差异太甚。英雄是天生吗？不。英雄是依赖先天的遗传与后天的训练所造成的。英雄是有种的。我们应当从优生学的原理研求人种的改善，凡是智力不完、体质有亏的父母都不许他们传后代。反之，要鼓励身心健全的男女多从事于第二代民众的生育。这样，真英雄的体质与理智的基础先打稳固，造成英雄的可能性便多。否则生来生去，只靠"碰彩"，于人间将来的改进是毫无把握的。第二步还要使社会重视生育，好种的男女一生下来当要特意看护他们，注意训练他们，使他们的身心得以均衡地发展。现在已有科学家注意到食物与体质、性格与寿命的关系，可是最重要的还是选种，否则用科学方法来培养下人，延长他们的生命，使他们剥削群众的时间更长，那就不好了。

真英雄是不受时势所左右的。因为他是一个"形全于外，心全于中"的人，他的主见真而正，他的毅力恒而坚。他能时时检察自己，看出自己的弱点，而谋所以改善的步骤。事业的成败不是他所计较的，唯有正义与向上是要紧的。今日我们所渴望的是这样的英雄。我们对于强敌的侵略，所希望的抗敌英雄也要属于这一类的人物。战争在假英雄的眼光里是赌博的一种，但在真英雄的心目中，这事是正义的保障。为正义而战，虽不胜也应当做，毫无可疑的。

最后，我们还是希望造时势的英雄出现，唯有他才能拯民众于水火之中。等到人人的智力能够约束自己与发展自己，人间真正平等出现的时候，我们才不需要英雄。英雄本是野蛮社会遗下的名目，在智能平均与普遍发展像蜂蚁的社会可以说个个都是英雄，因为其中没有一个不能自卫，没有一个不能为群众牺牲自己。所以我想个个人达到身心健全，能利益群众的时代是全英雄时代，也是无英雄时代。

国粹与国学

"国粹"这个名词原是不见于经传的。它是在戊戌政变后，当"中学为体，西学为用"的呼声嚷到声嘶力竭的时候，所呼出来的一个怪口号。又因为《国粹学报》的刊行，这名词便广泛地流行起来。编《辞源》的先生们在"国粹"条下写着："一国物质上、精神上，所有之特质。此由国民之特性及土地之情形、历史等，所养成者。"这解释未免太笼统，太不明了。国民的特性、地理的情形、历史的过程，乃至所谓物质上与精神上的特质，也许是产生国粹的条件，未必就是国粹。陆衣言先生在《中华国语大辞典》里解释说，"本国特有的优越的民族精神与文化"，就是国粹。这个比较好一点，不过还是不大明白。在重新解释国粹是什么之前，我们应当先问条件。

一、一个民族所特有的事物不必是国粹。特有的事物无论是生理上的，或心理上的，或地理上的，只能显示那民族的特点，可是这特点，说不定连自己也不欢喜它。假如世间还有一个有尾巴的民族，从生理上的特质，使他们的尾巴显出手或脚的功用，因而造成那民族的精神与文化。以后他们有了进化学的知识，知道自己身上的尾巴是连类人猿都没有了的，在知识与运动上也没有用尾巴的必要，他们必会厌恶自己的尾巴，因而试要改变从尾巴产出来的文化。又如用缺乏碘质的盐，使人现出粗颈的形态，是地理上及病理上的原因，由此颈腺肿的毛病、说话的声音、衣服的样式，甚至思想，都会受影响的；可是我们不能说这特别的事物是一种"粹"，认真说来，却是一种"病"。假如有个民族，个个身上都长了无毒无害的瘿瘤，忽然有个装饰瘿瘤的风气，渐次成为习俗，育为特殊文化，我们也不能用"国粹"的美名来加在这"爱瘿民族"的行为上。

二、一个民族在久远时代所留下的遗风流俗不必是国粹。民族的遗物如石镞、雷斧；其风俗，如种种特殊的礼仪与好尚，都可以用物质的生活、社会制度或知识程度来解释它们，并不是绝对神圣，也不必都是优越的。三代尚且不同礼，何况在三代以后的百代万世？那么，从久远时代所留下的遗风流俗，中间也曾经过千变万化，当我们说某种风俗是从远古时代祖先已是如此做到如今的时候，我们只是在感情上觉得是如此，并非理智上真能证明其为必然。我们对于古代事物的爱护并不一定是为"保存国粹"，乃是为知识、为知道自己的过去，和激发我们对于民族的爱情。我们所知与所爱的不必是"粹"，有时甚且是"渣"。古坟里的土俑，在葬时也许是一件不祥不美之物，可是千百年后会有人拿来当作宝贝，把它放在紫檀匣里，在人面前被夸耀起来。这是赛宝行为，不是保存国粹。在旧社会制度底下，一个大人物的丧事必要举行很长时间的仪礼，孝子如果是有官守的，必定要告"丁忧"，在家守三年之丧。现在的社会制度日日在变迁着，生活的压迫越来越重，试问有几个孝子能够真正度他们的"丁忧"日子呢？婚礼的变迁也是很急剧的。这个用不着多说，如到十字街头睁眼看看便知道了。

三、一个民族所认为美丽的事物不必是国粹。许多人以为民族文化的优越处在多量地创造各种美丽的事物，如雕刻、绘画、诗歌、书法、装饰等。但是美或者有共同的标准，却不能说有绝对的标准的。美的标准寄在那民族对于某事物的形式，具体或悬象的好尚。因好尚而发生感情，因感情的奋激更促成那民族公认他们所以为美的事物应该怎样。现代的中国人大概都不承认缠足是美，但在几年前，"三寸金莲"是高贵美

人的必要条件，所谓"小脚为娘，大脚为婢"，现在还萦回在
年辈长些的人们的记忆里。在国人多数承认缠足为美的时候，
我们也不能说这事是国粹，因为这所谓"美"，并不是全民族
和全人类所能了解或承认的。中国人如没听过欧洲的音乐家
歌咏，对于和声固然不了解，甚至对于高音部的女声也会认
为像哭丧的声音，毫不觉得有什么趣味。同样地，欧洲人若
不了解中国戏台上的歌曲，也会感觉到是看见穿怪样衣服的
疯人在那里做不自然的呼噪。我们尽可以说所谓"国粹"不
一定是人人能了解的，但在美的共同标准上最少也得教人可
以承认，才够得上说是有资格成为一种"粹"。

从以上三点，我们就可以看出所谓"国粹"，必得在特别、
久远与美丽之上加上其他的要素。我想来想去，只能假定说：
在物质上、精神上与思想上对于人类，最少是本民族，有过重
要的贡献，而这种贡献是继续有功用，继续在发展的，才可
以被称为国粹。我们假定的标准是很高的。若是不高，又怎
能叫作"粹"呢？一般人所谓国粹，充其量只能说是"俗道"
的一个形式（俗道是术语 Folk-Ways 的翻译，我从前译作"民
彝"）。譬如在北平，如要做一个地道的北平人，同时又要合
乎北平人所理想的北平人的标准的时候，他必要想到保存北平
的"地方粹"。所谓标准北平人少不了的六样——天棚、鱼缸、
石榴树、鸟笼、叭狗、大丫头，——他必要具备。从一般人心

目中的国粹看来，恐怕所"粹"的也像这"北平六粹"，但我只承认它为俗道而已。我们的国粹是很有限的，除了古人的书画与雕刻，丝织品、纸、筷子、豆腐，乃至精神上所寄托的神主等，恐怕不能再数出什么来。但是在这些中间已有几种是功用渐次丧失了的。像神主与丝织品是在趋向到没落的时期，我们是没法保存的。

这样"国粹沦亡"或"国粹有限"的感觉，不但是我个人有，我信得过凡放开眼界、能视察和比较别人的文化的人们都理会得出来。好些年前，我与张君劢先生好几次谈起这个国粹问题。有一次，我说过中国国粹是寄在高度发展的祖先崇拜上，从祖先崇拜可以找出国粹的种种。有一次，张先生很感叹地说："看来中国人只会写字作画而已。"张先生是政论家，他是太息政治人才的缺乏，士大夫都以清谈雅集相尚，好像大人物必得是大艺术家，以为这就是发扬国光，保存国粹。《国粹学报》所揭橥的是自经典的训注或诗文字画的评论，乃至墓志铭一类的东西，好像所萃的只是这些。"粹"与"学"好像未曾弄清楚，以至现在还有许多人以为"国粹"便是"国学"。近几年来，"保存国粹"的呼声好像又集中在书画诗古文辞一类的努力上，于是国学家、国画家，乃至"科学书法家"，都像负着"神圣使命"，想到外国献宝去。古时候是外国到中国来进宝，现在的情形正是相反，想起来，岂不可痛！

更可惜的，是这班保存国粹与发扬国光的文学家及艺术家们不想在既有的成就上继续努力，只会做做假古董，很低能地描三两幅宋元画稿，写四五条苏黄字帖，作一二章毫无内容的诗古文辞，反自诩为一国的优越成就都荟萃在自己身上。但一研究他们的作品，只会令人觉得比起古人有所不及，甚至有所诬蔑，而未曾超越过前人所走的路。"文化人"的最大罪过，制造假古董来欺己欺人是其中之一。

我们应当规定"国粹"该是怎样才能够辨认，哪样应当保存，哪样应当改进或放弃。凡无进步与失功用的带"国"字头的事物，我们都要下工夫做澄清的工作，把渣滓淘汰掉，才能见得到"粹"。从我国往时对于世界文化的最大贡献看来，纸与丝不能不被承认为国粹。可是我们想想我们现在的造纸工业怎样了？我们一年中要向外国购买多量的印刷材料。我们日常所用的文具，试问多少是"国"字头的呢？可怜得很，连书画纸，现在制造的都不如从前。技艺只有退化，还够得上说什么国粹呢！讲到丝，也是过去的了。就使我们能把蚕虫养到一条虫可以吐出三条的丝量，化学的成就，已能使人造丝与乃伦丝夺取天然丝的地位。养蚕文化此后是绝对站不住的了。蚕虫要回到自然界去，蚕箔要到博物院，这在我们生存的期间内一定可以见得着的。

讲到精神文化更能令人伤心。现代化的物质生活直接和间接地影响到个个中国人身上。不会说洋话而能吃大菜、穿洋服、行洋礼的固不足为奇，连那仅能维系中国文化的宗族社会（这与宗法社会有点不同），因为生活的压迫，也渐渐消失了。虽然有些地方还能保存着多少形式，但它的精神已经不是那么一回事了。割股疗亲的事固然现在没人鼓励，纵然有，也不会被认为合理。所以精神文化不是简单地复现祖先所曾做，曾以为是天经地义的事，必得有个理性来维系它、批评它，才可以延续。民族所遗留下来的好精神，若离开理智的指导，结果必流入虚伪和夸张。古时没有报纸，交通方法也不完备，如须"俾众周知"的事，在文书的布告所不能用时，除掉举行大典礼、大宴会以外，没有更简便的方法。所以一个大人物的殡仪或婚礼，非得铺张扬厉不可。现在的人见闻广了，生活方式繁杂了，时间宝贵了，长时间的礼仪固然是浪费，就是在大街上吹吹打打，做着夸大的自我宣传，也没有人理会了。所谓遵守古礼的丧家，就此地说，雇了一班搽脂荡粉的尼姑来拜忏，到冥衣库去定做纸洋房、纸汽车乃至纸飞机；在丧期里，聚起亲朋大赌大吃，鼓乐喧天，夜以继日。试问这是保存国粹么？这简直是民族文化的渣滓，沉淀在知识落后与理智昏聩的社会里。在香港湾仔市场边，一到黄昏后，每见许多女人在那里"集团叫惊"，这也是文化的沉淀现象。有现代的治病方法，她们不会去用，偏要去用那无利益的俗道。评定一个地方的文化高低不在看那里的社会能够保存多少样国粹，只要看他们保留了多少外国的与本国的国渣便可以知道。屈原时代的楚国，在他看是醉了的，我们当前的中国在我看是疯了。疯狂是行为与思想回到祖先的不合理的生活、无系统的思想与无意识的行为的状态。疯狂的人没有批评自己的悟性，没有解决问题的能力，从天才说，他也许是个很好的艺术家或思想家，但决不是文化的保存者或创造者。

要清除文化的渣滓不能以感情或意气用事，须要用冷静的头脑去仔细评量我们民族的文化遗产。假如我们发现我们的文化是陈腐了，我们也不应当为它隐讳，愣说我们所有的一切都是优越的。好的固然要留，不好的就应当改进。翻造古人的遗物是极大的罪恶，如果我们认识这一点，才配谈保存国粹。国粹在许多进步的国家中也是很讲究的，不过他们不说是"粹"，只说是"国家的承继物"或"国家的遗产"而已（这两个词的英文是 National Inheritance，及 Legacy of the Nation）。文化学家把一国优越的遗制与思想述说出来给后辈的国民知道，目的并不在"赛宝"或"献宝"，像我们目前许多国粹保存家所做的，只是要把祖先的好的故事与遗物说出来与拿出来，使他们知道民族过去的成就，刺激他们更加努力向更成功的途程上迈步。所以知识与辨别是很需要的。如果我们知道唐诗，作诗就十足地仿少陵、拟香山；了解宋画，动笔就得意地摹北苑、法南宫，那有什么用处？纵然所拟的足以乱真，也不如真的好。所以我看这全是渣，全是无生命的尸体，全是有臭味的干屎橛。

我们认识古人的成就和遗留下来的优越事物，目的在温故知新，绝不是要我们守残复古。学术本无所谓新旧，只问其能否适应时代的需要。谈到这里，我们就检讨一下国学的价值与路向了。

钱宾四先生指出现代中国学者"以乱世之人而慕治世之业"，所学的结果便致"内部未能激发个人之真血性，外部未能针对时代之真问题"。这话，在现象方面是千真万确，但在解释方面，我却有些不同意见。我看中国"学术界无创辟新路之志趣与勇气"的原因，是自古以来我们就没有真学术。退一步讲，只有真学术的起头，而无真学术的成就。所谓"通经致用"只是"做官技术"的另一个说法，除了学做官以外，没有学问。做事人才与为学人才未尝被分别出来。"学而优则仕"，显然是鼓励为士大夫之学。这只是治人之学，谈不到是治事之学，谈不到是治物之学。现代学问的精神是从治物之学出发的。从自然界各种现象的研究，把一切分出条理而成为各种科学，再用所谓科学方法去治事而成为严密的机构。知识基础既经稳固，社会机构日趋完密，用来对付人，没有不就范的。治人是很难的，人在知识理性之外还有自己的意志，与自己的感情意气，不像实验室里的研究者对付他的研究对象，可以随意处置的。所以如不从治物与治事之学做起，则治人之学必贵因循，仍旧贯，法先王。

因循比变法维新来得更有把握，代表高度发展的祖先崇拜的儒家思想，尤其要鼓励这一层。所谓学问，每每是因袭前人而不敢另辟新途。因为新途径的走得通与否，学者本身没有绝对的把握，纵然有，一般人的智慧、知识，乃至感情意气也未必能容忍，倒不如向着那已经有了权证而被承认的康庄大道走去，既不会碰钉，又可以生活得顺利些。这样一来，学问当然看不出是人格的结晶，而只为私人在社会上博名誉、占地位的凭借。被认为有学问的，不管他有的是否真学问或哪一门的知识，便有资格做官。许多为学者写的传记或墓志，如果那文中的主人是未尝出仕的，作者必会做"可惜他未做官，不然必定是个廊庙之器"的感叹，好像一个人生平若没做过官就不算做过人似的。这是"学而优则仕"的理想的恶果。再看一般所谓文学家所做的诗文，多是有形式无内容的"社交文艺"，和贵人的诗词，撰死人的墓志，题友朋或友朋所有的书画的签头跋尾。这样地作文辞才真是一种博名誉，占地位的凭借。我们没有伟大的文学家，因为好话都给前人说尽了，作者只要写些成语，用些典故，再也没有可用的功夫了。这样情形，不产生"文抄公"与"誉文公"，难道还会笃生天才的文豪，诞降天纵的诗圣么？

学术原不怕分得细密，只问对于某种学术有分得这样细密的必要没有。学术界不能创辟新路，是因没有认识问题，在故纸堆里率尔拿起一两件不成问题而自己以为有趣味的事情，便洋洋洒洒地做起"文章"来。学术上的问题不在新旧而在需要，需要是一切学问与发明的基础。如果为学而看不见所需要的在那里，他所求的便不会发生什么问题，也不会有什么用处。没有问题的学问就是死学问，就是不能创辟新途径的书本知识。没有用处的学问就不算是真学问，只能说是个人趣味，与养金鱼、栽盆景，一样地无关大旨，非人生日用所必需的。学术问题固然由于学者的知识的高低与悟力的大小而生，但在用途上与范围的大小上也有不同。

"一只在园里爬行的龟，对于一块小石头便可以成为一个不可克服的障碍物；设计铁道线的工程师，只主要地注意到山谷广狭的轮廓；但对于想着用无线电来联络大西洋的马可尼，他的主要的考虑只是地球的曲度，因为从他的目的看来，地形上种种详细情形是可以被忽视的"这是我最近在一本关于生物化学的书（W.O.Kermock and P.Eggleton；The Stuff Were of）里头所谈到的一句话。同一样的交通问题，因为知识与需要的不同便可以相差得那么远。钱先生所举出的"平世"与"乱世"之学的不同点，在前者注重学问本身，后者贵在能造就人才与事业者。其实前者为后者的根本，没有根本，枝干便无从生长出来。我们不必问平世与乱世，只问需要与不需要。如有需要，不妨把学术分门别类，讲到极窄狭处，讲到极精到处；如无所需，就是把问题提出来也嫌他多此一举。

一到郊外走走，就看见有许多草木我们连名字都不知道，其中未必没有有用的植物，只因目前我们未感觉需要知道它们，对于它们毫无知识还可以原谅。如果我们是植物学家，那就有知道它们的需要了。在欧美有一种种草专家，知道用哪种草与哪种草配合着种，便可以使草场更显得美观，和耐于践踏、易于管理，冬天还可以用方法教草不黄萎。这种专门学问在目前的中国当然是不需要，因为我们的生活程度还没达到那么高，稻粱还种不好，哪能讲究到草要怎样种呢？天文学是最老的学问，却也是最幼稚的和最新的学术。我们在天文学上的学识缺乏，也是因为我们还没曾需要到那么迫切。对于日中黑点的增减，云气变化的现象，虽然与我们有关系，因为生活方式未发展到与天文学发生密切关系的那步田地，便不觉得它有什么问题，也不觉得有研求的需要了。一旦我们在农业上、航海航空上、物理学上，乃至哲学上，需要涉及天文学的，我们便觉得需要，因为应用到日常生活上，那时，我们就不能说天文学是没有用的了。所以不需要就没有学问，没有学问就没有技术。"不需无学，不学无术"我想这八个字应为为学者的金言；但要注意后四个字的新解说是不学问就没有技术，不是骂人的话。

中国学术的支离破碎，一方面是由于"社交学问"的过度讲究，一方面是为学人才的无出路。我所谓社交学问就是钱先生所谓私人在社会博名誉占地位的学问。这样的"学者"对于学问多半没有真兴趣，也不求深入，说起来，样样都懂，门门都通，但一问起来，却只能作皮相之谈。这只能称为"为说说而学问"，还够不上说"为学问而学问"。我们到书坊去看看，太专门的书的滞销，与什么 ABC、易知、易通之类的书的格外旺市，便可以理会"讲专门窄狭之学者"太少了。为学人才与做事人才的分不开，弄到学与事都做不好。做事人才只须其人对于所事有基本学识，在操业的进程上随着经验去求改进，从那里也有达到高深学识的可能，但不必个个人都需要如此的。为学人才注重在一般事业上所不能解决或无暇解决的问题的探究。譬如电子的探究、数理的追寻，乃至人类与宇宙的来源，是一般事业所谈不到的，若没有为学人才去做工夫，我们的知识是不完备的。欧美各国都有公私方面设立研究所、学院，予学者以生活上相当的保障。各大学都有"学侣"的制度，使新进的学人能安心从事于学业。在中国呢？要研究学问，除非有钱、有闲，最低限度也得当上大学教授，才可说得上能够为学。在欧美的余剩学者最少还有教会可投；在中国，连大学教授也有吃不饱的忧虑。这样情形，繁难的学术当然研究不起，就是轻可的也得自寻方便，不知不觉地就会跑到所谓国学的途程上。这样的学者，因为吃不饱，身上是贫血的，怎能激发什么"真血性"；因为是温故不知新，知识上也是贫血的，又怎能针对什么"真问题"呢？今日中国学术界的弊在人人以为他可以治国学，为学的方法与目的还未弄清，便想写"不朽之作"，对于时下流行的研究题目，自己一以为有新发现或见解，不管对不对，便武断地写文章。在发掘安阳、发现许多真龟甲文字之后，章太炎老先生还愣说甲骨文都是假的！以章先生的博学多闻还有执著，别人更不足责了。还有，社交学问本来是为社交，做文章是得朋友们给作者一个大拇指看，称赞他几句，所以流行的学术问题他总得猎涉，以资谈助。讨论龟甲文的时候，他也来谈龟甲文；讨论中西文化的潮流高涨时，他也说说中西文化；人家谈佛学，他就吃起斋来；人家称赞中国画，他就来几笔松竹梅。这就是所谓"学风"的坏现象，这就是"社交学问"的特征。

钱先生所说"学者各傍门户，自命传统"，在国学界可以说相当的真。"学有师承"与"家学渊源"是在印版书流行之前，学者不容易看到典籍，谁家有书他们便负笈前去拜门。因为书的抄本不同，解释也随着歧异，随学的徒弟们从师傅所得的默记起来或加以疏说，由此互相传授成为一家一派的学问，这就是"师承"所由来。书籍流行不广的时代，家有藏书，自然容易传授给自己的子孙，某家传诗，某家传礼，成为独门学问，拥有的甚可引以为荣，因此为利，婚宦甚至可以占便宜，所以"家学渊源"的金字招牌，在当时是很可以挂得出来的。自印版书流行以后，典籍伸手可得，学问再不能由私家独占，只要有读书的兴趣，便可以多看比一家多至百倍千倍的书，对于从前治一经只凭数卷抄本甚至依于口授乃不能不有抱残守缺的感想。现在的学问是讲不清"师承"的，因为"师"太多了，承谁的为是呢？我在广州曾于韶舞讲习所从龙积之先生学，在随宦学堂受过龙伯纯先生的教，二位都是康有为先生的高足，但我不敢说我师承了康先生的学统。在大学里的洋师傅也有许多是直接或间接承传着西洋大学者的学问的，但我也不敢自称为詹姆斯、斯宾塞、柏格森、马克思、穆勒诸位的学裔。在尊师重道的时代，出身要老师推荐，婚姻要问家学，所以为学贵有师承和有渊源，现在的学者是学无常师，他向古今中外乃至自然界求学问，师傅只站在指导与介绍知识的地位，不能都像古时当作严君严父看。印版书籍流行以后，聚徒讲学容易，在学问上所需指导的不如在人格上所需熏陶的多，所以自程朱以后，修身养性变为从师授徒的主要目标，格物致知退于次要地位。这一点，我觉得是很重要的。从师若不注意怎样做人的问题，纵然学有师承，也只能得到老师的死的知识，不能得到他的活的能力。我希望讲师承的学者们注意到这一层。

　　至于学问为个人私利主义，竞求温饱的话，我以为现在还是说得太早。在中国，社交学问除外，以真学问得温饱算起来还是极少数，而且这样的学者多数还是与"洋机关"有关系的。我们看高深学术的书籍的稀罕，以及研究风气的偏颇，便可理会竞求温饱的事实还有重新调查的余地。到外国去出卖中国文化的学者，若非社交的学问家便是新闻事业家。他们当然是为温饱而出卖关于中国的学问的。我们不要把外国人士对于中国文化的了解力估量得太高，他们所要的正是一般社交的学问家与新闻事业家所能供给的。一个多与欧美一般的人士接触的人，每理会到他们所要知道的中国文化不过是像缠足的起源、龙到底是什么动物、姨太太怎样娶法、风水怎样看法之类，只要你有话对他们说，他们便信以为真，便以为你是中国学者。许多人到中国来访这位，问那位，归根只是要买几件古董或几幅旧画。多数人的意向并不在研究中国文化，只在带些中国东西回去可以炫耀于人。在外国批发中国文化的学者，他们的地位是和卖山东蓝绸或汕头抽纱的商人差不多，不过斯文一点而已。

　　在欧美的学者可以收费讲学，但在中国，不收费的讲学会，来听讲者还属寥寥，以学问求温饱简直是不容易谈。这样为学只求得过且过，只要社会承认他是学者，他便拿着这个当敲门砖，管什么人格的结晶与不结晶。这也许是中国学者在社会国家上多不能为国士国师而成为国贼国狗，在学问上多不能成为先觉先知而成为学棍学蠹的一个原因罢。我取的是"衣食足而后知礼义"的看法，所以要说："得温饱才能讲人格。"中国学术界中许多人正在饥寒线底下挣扎着，要责备他们在人格上有什么好榜样，在学问上有什么新贡献，这要求未免太苛刻了。还有，得温饱并不见得就是食前方丈，广厦万间，只求学者在生活上有保障，研究材料的供给方便与充足就够了。须知极度满足的生活，也不是有识的学者所追求的。

学术除掉民族特有的经史之外是没有国界的。民族文化与思想的渊源，固然要由本国的经史中寻觅，但我们不能保证新学术绝对可以从其中产生出来。新学术要依学术上的问题的有无，与人间的需要的缓急而产生，决不是无端从天外飞来的。一个民族的文化的高低是看那民族能产生多少有用的知识与人物，而不是历史的久远与经典的充斥。牛津大学每年间所收的新刊图书可以排出几十里长，若说典籍的数量，我们现在更不如人家。钱先生假定自道咸而下，向使中国学术思想乃至政治制度、社会风俗在与西洋潮流相接触之前先变成一个样子，则中国人可以立定脚跟，而对此新潮，加以辨认与选择，而分别迎拒与蓄泄。这话也有讨论的必要。

我上头讲过现代学问的精神是从治物之学出发的，治物之学也可以说是格物之学，而中国学术一向是被社交学问、社交文艺、最多也不过是做人之学所盘踞，所谓"朴学"不过为少数人所攻治，且不能保证其必为进身之阶。朴学家除掉典章制度的考据而外，还有多少人知道什么格物之学呢？医学是读不成书的人们所入的行；老农老圃之业为孔门弟子所不屑谈；建筑是梓人匠人的事；兵器自来是各人找与自己合适的去用；蚕桑纺织是妇人的本务；这衣、食、住、行、卫五种民族必要的知识，中国学者一向就没曾感觉到应当括入学术的范围，操知识与智慧源泉的纯粹科学更谈不到了。治物之学导源于求生活上安适的享受的理想和试要探求宇宙根源的谜。学者在实验室里用心去想，用手去做，才能有所成就。中国学术岂但与人生分成两橛，与时代失却联系，甚至心不应手，因此，多半是纸上谈得好、场上栽筋斗的把戏。不动手做，就不能有新发现，就不能有新学术。假如中国的学术思想乃至政治制度、社会风俗会自己变更的话，乾嘉以前有千多年的机会，乾嘉以后也不见得就绝对没有。

日本的维新怎么就能成功，中国的改革怎么就屡次失败呢？化学是从中国道家的炼丹术发展的，怎么在中国本土，会由外丹变成内丹了？对的思想落在不对的实验上，结果是造成神秘的迷信，不能产出利用厚生的学问。医学并不见得不行，可是所谓国医，多半未尝研究过《本草》里所载的药物，只读两三本汤头歌诀之类便挂起牌来。千年来，我们的医学在生理、药物、病理等学问上曾有什么贡献呢？近年来从事提炼中国药物的也是具有科学知识的西医的功劳。在学问的认识上，中国人还是倾向道家的。道家不重知与行，也不信进步，改革自然是谈不到的。我想乾嘉以后，中国学术纵然会变，也不会变到自己能站得住而能分别迎拒与蓄泄西洋学潮的地步。纵然会，也许会把人家的好处扔掉，把人家的坏处留起来。像明末的西洋教士介绍了科学知识和他们的宗教制度，试问我们迎的是什么呢？中华文化，可怜得很，真是一泓死水呀！这话十年前我不这样说，五年前我不忍这样说，最近我真不能不这样说了。不过死水还不是绝可悲的，只要水不涸，还可以想方法增加水量，使之澄清，使之溢出。这工夫要靠学术界的治水者的努力才有希望。世间无不死之人，也无不变的文化，只要做出来的事物合乎国民的需要，能解决民生日用的问题的就是那民族的文化了。

要知道中国现在的境遇的真相，和寻求解决中国目前的种种问题，归根还是要从中国历史与其社会组织、经济制度的研究入手。不过研究者必要有世界学术的常识，审慎择别，不可抱着"花子吃死蟹，只只好"的态度。那么，外国那几套把戏自然也能够辨认与选择，不至于随波逐流，终被狂涛怒浪所吞咽。中国学术不进步的原因，文字的障碍也是其中最大的一个。我提出这一点，许多国学大师必定要伸舌头的。但真理自是真理，稍微用冷静的头脑去思维一下便可以看出中国文字问题的严重。我们到现在用的还不是拼音文字，难学难记难速写，想用它来表达思想，非用上几十年的工夫不可。读三五年书，简直等于没读过。许多大学毕业生自从出来做事之后便不去摸书本。他们尚且如此，程度低些的更可知。繁难的文字束缚了思想，限制了读书人，所以中国文化最大的毒害便是自己的文字。一翻古籍便理会几十万言的书已很少见，百万千万言的书更属稀罕了。到现在，不说入学之门的百科全书没有，连一部比较完备的字典都没有。国人不理会这是文化低落的病根，反而自诩为简洁。不知道简洁文字只能表现简单思想，像用来作诗词、写游记是很够的。从前学问的范围有限，用简洁的文体，把许多不应当省掉的字眼省略掉还不觉得意义很晦涩，读者可用自己的理会力来补足文中的意思。现代的科学记载把一个字错放了地位都不成，简省更不用说了。我们的命不加长，而所要知要学的东西太多，如果写作不从时间上节省是不成的。我们自己的文化担负已是够重的了，现在还要担负上欧美的文化，这就是钱先生所谓"两水斗啮"的现象，其实是中国人挣扎于两重文化的压迫底下的现象。欧美的文化，我们不能不担负，欧美人却不必要担负我们的文化，人家可以不学汉文而得所需的知识，我们不学外国文成么？这显然是我们的文化落后所给的刑罚，目前是没法摆脱的。要文化的水平线提高，非得采用易于学习的拼音文字不可。千字课或基本汉字不能解决这个严重问题，因为在学术上与思想表现上是需要创造新字的，如果到了思想繁杂的阶段，几千字终会不够用，结果还是要孳乳出很多很多的方块字。现在有人用"圕"表示"图书馆"，用"簿"表示"博物院"，一个字读成三个音，若是这类字多起来，中国"六书"的系统更要出乱子。拼音字的好处在以音达意，不是以形表意，有什么话就写出什么话，直截了当，不用计较某字该省，某句应缩，意思明白，头脑就可以训练得更缜密。虽然拼音文字中如英文法文等还不能算是真正拼音的，但我们须以拼音法则为归依，不是欧美文字为归依。表达思想的工具不好，自然不能很快地使国民的知识提高。人家做十年，我们非得加上五六倍的时间不可。日本维新的成功，好在他们有"假名"，教育普及得快，使他们的文化能追踪欧美。我们一向不理会这一点，因为我们对于汉字有很深切的敬爱，几十年来的拼音字母运动每被学者们所藐视与反对。许多人只看文字是用来作诗写文的，能摇头摆脚哼出百几十字便自以为满足了。改良文字对于这种人固然没有多大的益处，但为学术的进步着想，我们不能那么浪费时间来用难写难记的文字。

古人惜寸阴分阴，现代的中国人更应当爱惜丝毫光阴。因为用高速度来成就事物是现代民族生存的必要条件。

德国这次向东方进兵，事实上是以血换油。油是使速度增进的重要材料。不但在战争上，即如在其他事业上，如果着手或成功稍微慢了些，便等于失败。所以人家以一切来换时间，我们现在还想以时间来换一切，这种守株待兔的精神是要不得的。国民智力的低下，中国文字要负很重的责任。智力的高低就是发现问题与解决问题的能力和速度的高低。我以为汉字不改革，则一切都是没有希望的。用文字记载思想本来和用针来缝布成衣服差不多，从前的针一端是针口，另一端是穿线的针鼻。缝纫的人一针一针地做，不觉得不方便。但是缝衣机发明了，许多不需要的劳动不但可以节省而且能很快地缝了许多衣服。缝衣机的成功只在将针鼻移到与针口同在一端上。拼音文字运动也是试要把音与义打成一片。不过要移动一下这"文字的针鼻"，虽然只是分寸的距离，若用的人悟不了，纵然经过千百年也不能成功。旧工具不适于创造新学术，就像旧式的针不能做更快更整齐的衣服一样。有使中国文化被西方民族吸收愿望的，先当注意汉字的改革，然后去求学术上的新贡献，光靠残缺的古董此后是卖不出去的。

中国目前的问题，不怕新学术呼不出，也不怕没人去做专门名家之业，所怕的是知识不普及。一般人的常识不足，凡有新来的吃的用的享受的，不管青红皂白，胡乱地赶时髦。读书人变成士大夫，把一般群众放在脑后，不但不肯帮助他们，反而压迫他们。从农村出来的读书人不肯回到农村去，弄到每个村都现出经济与精神破产的现象。在都市的人们，尤其是懂得吹洋号筒的官人贵女们，整个生活都沉在花天酒地里，批评家说他们是在"象牙之塔"里过日子。其实中国哪里来的"象牙之塔"？我所见的都是一幢幢的"牛骨之楼"罢了。我们希望于学术界的是在各部门里加紧努力，要做优等人而不厌恶劣等的温饱，切忌做劣等人而去享受优等的温饱。那么，平世之学与乱世之学就不必加以分别了。现在国内的大学教授，他们的薪俸还不如运输工人所得的多，我们当然不忍说他们是藏身一曲，做着与私人温饱相宜的名山事业。不用说生存上，即如生活上必需的温饱，是谁都有权利要求的。读书人将来会归入劳动阶级，成为"智力劳动者"，要恢复到"四民"之首的领导地位，除非现在正在膨胀着的资产制度被铲除，恐怕是不容易了。